# 契丹のバラ
## 席慕蓉詩集

池上貞子 編訳

思潮社

台湾現代詩人シリーズ⑦契丹のバラ　席慕蓉詩集

池上貞子編訳

契丹のバラ　席慕蓉詩集

目次

## Ⅳ『周縁の光と影』より

# 契丹のバラ

席慕蓉詩集

扉絵＝席慕蓉　装幀＝思潮社装幀室

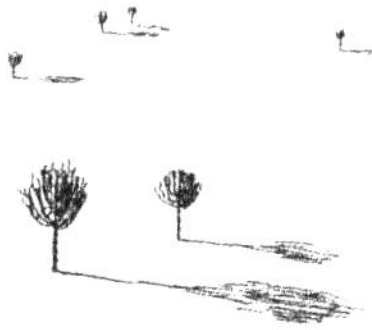

# 執筆の欲望　序に代えて

――池上貞子に

一生涯　あるいは数頁だけ
絶えまなく詩稿を書き改め書き写している
黒髪を白髪に変えて　まだ誰か
今も灯火の下にいる人がある

この執筆の欲望は　何からできているのだろうか？
けれど簡単には答えられない
わたしが知っているのはただ
けっして眼の前の肉体からではないということだけ
もしかしたら
内に巣食ったうかがい知れないあるひとつの
無邪気で情熱的な霊魂《たましい》が
文字を借りて　残存したいと望んだからなのか？

隠すこと　そしてまた解き放つこと
これまでの道で出会った感動のために
しばしば拾い上げて懐に入れる記憶の芳香
それは血の迷い　そして感傷
たくさんのかつて肩を触れ合って通り過ぎ　後は
二度と巡り合うことのないあの光と影の映像は
かすかなる呼び声
永遠につき従う後悔の反逆
絶対美の誘惑　それと同時にあの
決して変えることのできない承諾でもあるのではないか？

闇夜に飛ぶ蛾が蠟燭に向かうしかないように
ここで慌ただしく前へと奔る
後も振り返らずに　わたしたちの一生よ
伺いたいが
他にどんな別の答えがあり得るのだろうか？

今宵　窓の内外の
宇宙は今も休みなく溶解と崩壊を続けている
この執筆の欲望は　結局
何から来るのだろうか？
いったいなぜ　誰か
誰か燈火の下にいて
まだぐずぐずと立ち去らない人があるのだろう？

——二〇〇九・一・七

付注——

　あなたが心を砕いてわたしの詩を翻訳してくださったことに感謝します。このところずっとどんな風にこの序を書こうかと考え続けていましたが、数日間机に向かっているうちに、思いがけずこのような詩が出来上がりました。

　実は、これはわたしにとって普通のことではありません。というのは長い間、わたしは詩を書き終えたあとでしか、自分が心の中で訴えたかったのは一体何だったのかを理解できないでいたからです。

　吐き出したあとは、心が休まります。

　わたしは幼いころから絵の勉強を始めて、ずっと油絵専門の道を歩んできましたが、一貫して詩を読むことも書くことも好きでした。

これまできちんとした文学創作の理論や訓練と触れることができずにいましたので、わたしにとって書くこととは、真実の生命が作りだす様々な努力を素手で用いているのだとしか言いようがありません。ちょうどひとり広野にいて、頼るものも方法も技術もまったくないという状況の下で建てた小屋のようなものです。もともとはただ雨風をしのぐためだけのものであったのに、思いがけず皆様の目に留まることになったのは、まったくの僥倖です。当然、喜びもひとしおです。

わたしの詩はすでに数種類のモンゴル語訳と英語訳の単行本が出版されています。そして今、わくわくする思いで日本語訳詩集『契丹のバラ　席慕蓉詩集』が世に出る日を待っています。

この本の出版のために尽力してくださった友人の皆様に感謝すると同時に、改めてあなたに深い謝意を示し、幸多かれと祈るものです。

二〇〇九年一月八日　台湾淡水にて

席慕蓉

# I 『七里香』より

# 七里香*

谷川の流れは海へといそぐ
けれど海の波は大地に帰りたがっている
緑の木白い花の垣根のまえで
あんなにも簡単に手をふって別れた

そして移ろいの二十年のあと
わたしたちの魂は夜な夜な戻ってきて
そよ風が吹くたび
庭じゅうによい香りを漂わす

——一九七九・八

＊訳注——七里香《チーリーシャン》。学名 Murraya paniculata。香気の強い白い小さな花をつける。日本では、ゲッキツ、オレンジジャスミン、シルクジャスミンなどと呼ばれる。

# 花咲ける樹

どうやってあなたをわたしに逢わせてくださるのかしら
わたしが一番美しい時に　そのことのために
わたしは仏さまの前で　もう五百年の間祈り続けた
わたしたちの俗世の縁が結ばれるようにと

そこで仏さまはわたしを一本の木に化え
あなたがかならず通るであろう道の端に植えた
太陽の光の下でつつましく花が満開となった
ひとひらひとひらはみんなわたしの前世の願い

あなたは近くに来たなら　じっと耳をすませてください
そのふるえる葉っぱはわたしの待つことの情熱
そしてあなたがついに知らん顔して通り過ぎたとき

あなたの後ろに一面に落ちたのは
友よ　それは花びらなんかではない
わたしのしぼんだ心なのです

――一九八〇・十・四

# 渡し場

あなたと握手でお別れさせてください
それからそっとわたしの手をぬきます
想いがここから根を出すことはわかっています
浮雲　白昼　山や河は　おごそかでやさしい

あなたと握手でお別れさせてください
それからそっとわたしの手をぬきます
青春はこの瞬間に凍結され
熱い涙が心のなかを川となって流れます

あんなにもやるせない凝視
渡し場のまわりには送りあう花も見つからないので
祝福を襟元に止めてあげましょう

そして明日
明日はまた天の果てへと向かうのです

——一九七九

# あなたへの歌

歳月は杼《ひ》のようだからというだけであなたが好き
永遠に留まることなく　永遠に振り返らない
それだからこそ華麗な面ざしが織りだせるの
みじんも色あせた憂い悲しみを見せずに

もはや遠くへ行ってしまったからというだけであなたが好き
二度と現れることなく　もう一度思い起こすことはない
それだからこそ幾重にもかさぶたのできた心をめくることができるの
星もなく月もない夜に

一層はあがき
一層は脱皮
そしてふいに振り返った痛みのなかに

すくと立ち現れたのはあなたとわたしの青春時代

――一九七八

# 青春　之一

すべての結末はもう書きおえた
すべての涙ももう旅立った
なのにとつぜんどんな始まりだったか忘れてしまった
あの古い二度と戻らない夏の日のこと

わたしがどんなに追い求めても
若いあなたはただ雲のようにかすめて行きすぎるだけ
そしてあなたのほほ笑む顔は浅く淡くなり
やがて日の沈んだあとの薄雲のなかに隠れる

ついにあの黄ばんだ扉頁を開く
運命の手になる装丁の稚拙なこと
涙ながらに　わたしは何度も読み返す

けれども認めるしかない
青春はあまりにも慌ただしい書物だということを

――一九七九・六

# 青春　之二

四十五歳の夜
ふと彼女の若々しい瞳を思い出した
思えば彼女は十六歳のあの夏
坂道を彼にむかってゆっくりと歩いてきた
林の外は陽の光がまぶしく
彼女の服はあんなにも清らかな白

今でも覚えている　あの一面茶の木の丘を
一面浮雲の空を
そしてあの耳にあふれる蟬の声を
静かな静かな林のなかの

――一九七九・六

# 送別

すべての夢が　実現に間に合うとはかぎらない
すべての話が　あなたに話すのに間に合うとはかぎらない
やましさや悔しさはどうしても別れのあとの心に根付くもの
たとえ
世の様ざまのことは結局はむなしいと言われているにしても

けっして機会を取り逃そうと心に決めたわけではない
けれど　わたしはずっとこうしてきた
あの枝に花の溢れていた昨日も取り逃がし　また
今朝も取り逃がそうとしている

今朝もまた同じような別離を繰り返そうとした
これからの人生では見知らぬ者どうし　ひとたび別れれば千里の距離

暮れ靄のなかであなたに深々とお辞儀をする　どうか
わたしのためにご自愛を　たとえ
世の様ざまのことは結局は　結局はむなしいと言われているにしても

——一九八一・二・八

# 俗縁

とてものことに
仏陀のように蓮華の上に静かに座っているなんてできない
わたしは凡人
わたしの生命《いのち》はこのころげまわる俗界の塵
この人の世のすべてがほしい
快楽であろうと憂い悲しみであろうと
自分の荷物は自分で引き受けるつもり

たとえいつか
あらゆる悲しみや喜びがわたしから離れていくことがわかっていても
わたしはやっぱり懸命に探し集める
あれらの美しくてもつれている
彼女のために生きた価値のある記憶を　探し集める

——一九七九・九・十三

# 悟り

その女の子は江《かわ》をわたり芙蓉《はす》の花を摘んだ*
それはつい昨日のこと
そして江のうえに千年も浮かんでいる白雲は
ただ　幾篇かの
作者不明の詩を残しただけ

それなら　わたしの今日の体験と
何の違いがあるというの
あんなにわたしに涙させた愛も
振り返ってみれば　ただ
夢かと思うだけ

――一九八〇・二・十七

*訳注――六朝の梁の元帝に「賦得渉江采芙蓉」の詩がある。

# 出塞の曲

わたしのために出塞の曲を歌ってください
あの忘れ去られた古い言葉で
どうぞ美しいビブラートでそっと呼びかけてください
わたしの心の中のすばらしき大山河に

あの長城の外側にしかない清々しい香り
出塞の歌の調べは悲しすぎるだなんて
もしもあなたが聞きたくないと思うとしたら
それは歌の中にあなたの渇望がないから

それでもわたしたちは繰り返し歌うだろう
千里の草原にきらめく金色の光を想い
風沙うそぶく大砂漠を想い

黄河の岸辺を想いながら　陰山の傍らで
英雄は馬にまたがり　馬にまたがって故郷に帰る

――一九七九

# 長城謡

長城の上や下で歴史の奪い合いが行われたけれど
焉支*を奪い焉支を返しあったけれど
どれほどの要塞にどれほどの歓び悲しみがあったことか
おまえは永遠に無情の建築物
荒れ果てた山のいただきにうずくまり
人間世界の恩と恨みを冷たく見つめてる

なぜおまえのことを歌うときはいつも声にならず
おまえのことを書くときは文章にならないのだろう
そしてひとたびおまえのことが話題になると烈火が燃え上がる
火の中にはおまえの万里の体躯があり
おまえの千年の容貌があり
おまえの雲　おまえの樹木　おまえの風がある

勅勒の川　陰山の下**
今宵の月の光は水のよう
そして黄河は今夜もあいかわらずおまえの傍らを流れ
わたしの眠れぬ夢の中に流れ込む

——一九七九

＊訳注——山の名。
＊＊訳注——楽府のなかの「勅勒の歌」は北斉の耶律金（四八六‐五六五）が軍中で歌ったとされ、この句で始まる。

# 時の河の流れ

――われわれは必ず老いて、別れねばならぬとは

けれど　わが愛しき人よ
あなたには聞こえなかったのでしょうか
あれは何　わたしたちの寝台の傍らを
こっそりと流れすぎて
わたしを驚かせたのは

黒髪は純白の枕のうえ
あなたの若くたくましい体は
安穏とわたしの傍らで熟睡しています
窓の内にはあなたというわたしの終生の伴侶
窓の外では　月は明るく星はまばら

ああ　わが愛しき人よ　今このとき

わたしたちの寝台の傍らを流れすぎたのは
時の河の流れだったのでしょうか
それとも　たんなる闇の夜の
わたしの悪夢　わたしの動悸

――一九八〇・六・十一

# Ⅱ 『悔いなき青春』より

# 詩の価値

あなたにとつぜん
なぜ詩を書くの
なぜ　ほかの
役に立つことをしないの　と尋ねられたら

わたしにも　わからない
なんと答えたらよいのか
わたしは金職人のように　日夜打ち続ける
ひたすら苦しみを叩き伸ばして
蟬の羽根のように薄い金飾りをつくるために

こんな風に懸命になって
憂いや悲しみの源を

光沢あるやわらかな詩句にかえる
ことにも　何か
美しい価値がないものかしら

——一九八〇・一・二十九

# アンダンテカンタービレ

きっと何か
わたしには理解できないものがあるのね
でなければ　草木はどうしてみんな
秩序どおりに成長し
渡り鳥は故郷に帰れるの

きっと何か
わたしには力の及ばないものがあるのね
でなければ　昼と夜はどうしてあんなに
早く交替するの　あらゆる時刻に
間に合わず　憂い悲しみがわたしの胸に触れる

きっと何か　落葉のあとに
わたしが棄てなければいけないものがあるのね

十六歳の時のあの日記
それとも　わたしが生涯ひた隠しにしている
美しい山ゆりのような　あれらの
ひみつかしら

――一九八一・十・十四

# 真珠貝と真珠

その傷跡の存在は消しようがない
だから　あなたは熱い涙で
昔の日々を何重にもくるむ

だけどその記憶はあなたの胸の中で　日増しに
輝きを増す　ごろりと向きを変えるたびに
痛いところに触れて
ふりかえるあなたを悲しく老いさせる
深く静まり返った　海の底で

――一九八一・八・五

# 雪どけのころ

彼女が深い眠りについていたとき
彼は雪どけの小さな町を歩いていた
在りし日の星の群れを
焦がれながら　そうして
氷のかたまりがぶつかり合う河の前で
そっと
彼女の名前を呼んでいる

そして南国の夜は
すべてがいつもどおり静まり返っている
倦み疲れた花びらが幾ひらか
風に吹かれて
彼女の窓辺に落ちたほかは

――一九八二・七・三十一

# 楼蘭の花嫁

わたしの愛する人は　かつて涙ながらに
わたしを埋葬した
珠玉と　乳香で
わたしのすべやかな身体を包み
それから震える手で　鳥の羽根を
わたしの緞子のような髪にさした

彼はそっとわたしのまぶたを閉ざした
わかってる　彼はわたしの瞼のなかの
最後の残像
わたしの胸に切り花をふりそそいだ
ほかにいっしょにそそいだのは
彼の愛と憂い悲しみ

夕陽が西に沈み
楼蘭は自ずとにぎわう
わたしの愛する人はひとりぼっちで立ち去る
わたしに永遠の暗黒
と　永遠の蜜の甘さと悲しさ寂しさを遺したまま

けれどわたしはけっしてあなた方を許せない
こんなに乱暴にわたしを眠りから覚めさせ
知る人のない荒涼のなかに
わたしを曝すなんて
わたしを砕いて　こなごなにしてしまった
かつてあんなにもやさしかったわたしの心を

ただ夕日だけが今も
あの頃の夕日　けれど
いったい　誰　誰が
わたしをもう一度埋葬し

千年の夢を返してくれるの
わたしは今も　楼蘭の花嫁

——中視テレビの「六十分間」という番組でロプノールのことを紹介していた。その中で考古学者が千年前のミイラを一体発掘したとあった。髪には鳥の羽根が挿してあったとかで、埋葬された時は新婚の花嫁であったにちがいない。

——一九八一・三・十四

# 実験　之一

彼らが言うには　水の中に
小さなミョウバンの塊を入れると
沈殿によって　そっくり
滓が採取できるのだとか

それなら　もしも
もしも　わたしたちの心の中に
一篇の詩を入れたなら
昨日が　そっくり
沈澱して採取できるのかしら

――一九八二・七・十二

# 山の洞穴から出る*憂愁

スコールのあとは
まるで雲が山の洞穴から出るよう　どうか許してください
許してほしい　ひとりの女の子の
訳のわからない憂愁を

——一九八二・七・二十三

*訳注——原語は「出岫」。陶淵明「帰去来の辞」の一節に「雲は無心にして岫《しゅう》を出ず」とある。

# 灯火の下の詩と心情

一瞬のうちに　換骨奪胎が
できるものではない
生命はもともと一回ごとの
手探り

だから　辛抱強く待ってほしい
わが愛しき人よ　昼と夜を交替で運行させ
白髪を日ごとにはびこらせ
わたしたちにゆっくり心情を変えさせてほしい

春と夏をそっくり焼いた渇望を
最後には消滅させて　淡々と
次第に遠のいていく辛酸に換えた

月が出ても
もう戸をあけて見に出なくてもかまわない
最後には　勝手し放題に
狂おしく照らしていって
あらゆる山林に入りこんでもかまわない

——一九八二・四・二十

# 山道

わたしは承諾したような気がする
あなたと　いっしょに
あの美しい山道を歩くことを

あなたが言うには　その坂の上には新茶が一面に植えられていて
びっしり繁った相思樹も植わっているとか
わたしはあなたに承諾したような気がする
はるか昔の春の日の午後に

そして今夜　灯火の下で
白くなり始めたわたしの髪を梳いている
ふいに思い出した
まだ実現していない誓い

説明しようのない悲しみ

あの山道では
若き日のあなたが　もしかして
今でもわたしを待っているのではないかしら
今か今かと訪《と》い来る方を見ながら

――一九八一・十・五

# Ⅲ　『時光九篇』より

# 詩の成因

午前中まるごとかけて　わたしはずっと
行列に加わりやすよう歩調の調整に努力した
（でも誰もわたしが加わったことに気がつかない）

午後中まるごとかけて　わたしはまた
もとの自分を取り戻すため人群れを抜け出した
（またもや誰もわたしの謀反を気にしない）

あの最後には棄てなければならないものを得るために
わたしは費やした
まるごと一日　まるごと一生を

日が沈んだ後　わたしはようやく

絶えることのない回想をはじめた
あるゆる渓流の傍らにある
淡い陽の光　と
淡い　花のかおりを

――一九八三・十一・二十八

# 脱皮の過程

わたしはだんだんわかってきた　生命《いのち》のなかには
悔いることのない主題があって
どうやら一種の強烈な個性だけが人を
堕落　あるいは昇天へと導くことができるのらしい

わたしはだんだんわかってきた　あのように
あくまでもそして望みもなく待つことこそが　どうやら
あなたがこの一生涯でわたしにくださることのできる愛のすべてであるらしい

わたしの理解はいつも少しずつの　ああした
ためらいがちでゆっくりとした悟り
(何年も後になってとつぜん口を覆って驚きの声をあげる——
「ああ、そういうことだったのね……」)

桎梏が解けたとき
わたしはついに透明な抜けがらだけを残し
涙ながらに　星空のなかをひっそりと掠めすぎていく

――一九八五・十二・三十

# 長い道

風に吹かれて飛ぶ一粒の種子のように
わたしは思う　わたしはもしかして道に迷ったのかも知れない
この世界は　けっして
あの最初にわたしに許された青写真ではない

でも　もうすでにわたしの涙が
山道にしたたり落ちてしまった　もう
わたしの闇夜の夢想が森のなかではびこってしまった

わたしの渇望とわたしの愛は　ここにおいて
花びらのように咲きほころびそして姿を消した
そして水辺の清々しい陰影《かげ》のなかに
まだわたしの無邪気な心が残っている

残っている　わたしのすべての
ためらい恐れ戸惑い　でももう改めようのない
足あと

——一九八四・十一・十三

# 最後の口実

月のまるい夜は
すべてのあやまちが
許されてよい　そのなかに含まれるのは
話のむしかえしとあとの後悔
そのなかに含まれるのは　詩を書くことと涙を流すこと

あらゆる字句を
みんなそっくり
ひとつのあいまいな名前に託す

すでにまったく失われている時間を
そっくり取り出してきて細かに検討し
繰り返し並べかえて　本決まりにする

すべてはただ
あの染めることの　洗うことの　潤色することの上手な
水のような月明かりのせい

──一九八三・九・二

# 結び目の記録

――いくつかの心持ちは、遠い昔の原始人そっくりである

縄の結び目をひとつまたひとつとしっかりつなぎ合わせる
そうすれば　かなうのは
ひとり闇夜の洞穴のなかで
繰り返し撫でさすって　逆にたどること
かつてわたしにとってとても大切だったあれらの手がかりを

日の暮れまえになって、ふと気がついた
わたしと原始人の共通点
明け方あなたのために作った結び目が
今になっても　まだ
やさしく横たわっている
生活のため少しずつ粗雑になってしまった心のなかに

――一九八四・一・十五

# 霧の出る時

霧の出る時
わたしはあなたの胸のなか

この林には湿った芳しい香りがあふれている
あふれている　あの絶え間なく再現される
若き日の時間が

けれど霧の晴れたあとはもう　一生涯
山は空しく
湖は静か

ただ残されたのはあの
千人万人の中でも

けっして見まごうことのない
うしろ姿

——一九八三・九・八

# 若者

どうかひとつひとつの優曇華《うどんげ》の花の前で足をとめ
そのほのかな香りがひそかに湧き上がり
心を残しつつ過ぎ去った夜のために留まってほしい

命とは絶え間なく巡るものだと言う

けれど優曇華の花はちがう　流れる水はちがう
若者は一分一秒ごとに咲きほころび流動している時でも
けっしてちがうのである

――一九八六・四・二十四

# 歴史博物館

——人の一生も、博物館のようでいいだろうか？

1

まず最初は　ただ一輪のあの山にかかる月と
冷たく暗い記憶の中の洞穴だけだった

それからあなたがほほ笑みながらわたしの方へ歩いてきた
ひんやり清々しい朝　浮雲がちらばった

わたしは道沿いにあなたを迎えに出なければならないのなら
どうかわたしたちを水草の豊かで美しい場所に定住させてほしい
わたしは甲骨の上に書かれた吉凶占いを学び
そのうえ愛と信仰を　すべて焼き込めることだろう
水紋雲紋のある彩陶のなかに

そのとき　すべての物語が
芳しい香りのする川辺ではじまる
江《かわ》をわたれば　芙蓉《ハス》の花千本
詩も単純　心も単純

2

雁が慌ただしく飛んでゆき　季節が変わる
河の流れに沿ってわたしはゆっくりと南へ尋ね行く
かつて木製観音のふっくらした手を刻み
細かな彫刻も施した　一体の
隋代の石仏のほほ笑む唇

飛び散る細粒の後ろに　おもむろに現れる
心の中で最も愛いつくしみもっともなじみ深いあの輪郭
巨大な冷え冷えとした石窟のなかで
わたしは謙虚でがまん強い職人
何代も生まれ変わって　模写を繰りかえしている

3

けれども　結局そこには過ちが
なにゆえ　千世の輪廻のなかで
わたしはいつも待ち望んでいた時刻と肩触れ合うだけですれ違ってしまうのか
風沙が来る前に　わたしはあなたのために
あんなに深々と手がかりを埋めておいてあげた
風沙が行き過ぎたあと　どうして
大事な細部があなたに見落とされるということが起こったのか
帰り路は歩きにくい　しばらく月の明かるい夜にまぎれ
涙ながらにあなたのために葡萄の美酒をついであげよう*
それから琵琶をかきならし　馬に乗るようあなたをせかす
ふたたび会うときは別の世であることはわかっていた
その時には　水草の豊かで美しかった世界は
とうに神話となって　ただ残されたのは
枯れしぼんだ紅柳と柏楊　万里の黄砂

4

行ってはまた返す　まるで
潮騒が暗い夜の中でいつまでも呼んでいるようだ
胸のなかは不可解でやわらかな願いでいっぱい
五色の糸でも縫いとりし尽せない春の日
遠く離れれば離れるほど　雲の層が厚く重なる
まだら模様のわたしの心よ
伝説と伝説のあいだをゆっくりと歩きまわっている

5

この世にふたたび戻ってきてあなたと巡り合う
あなたはケースの外　わたしはすでにケースの中
ひんやりとしたガラス板をへだて
わたしは熱い思いであなたの到来を待っている
驚きうろたえる間に　あなたは物音を聞いたらしい

もちろんあなたは信じるはずがない

あなたはもちろん信じるはずがない
このすべての絹　すべての絹織物
すべての唐三彩と泥塑像
このケースのなかのすべての彫刻の技と紋様は
みんなわたしがあなたに捧げた愛　みんな
わたしの千万の災難を経ても死ぬことのない霊魂《たましい》

6

暮色のなかであなたは無関心に身を翻しゆっくりと遠ざかる
長い廊下は静まり返り　神々は沈黙
わたしはついに木となり石となった　まるで前世のように
廊下の外には　あいかわらず千本の芙蓉《ハス》の花が
淡々と水の中で咲いている

薄紫　薄紅色

それから雪のようなあの白
作者の知れない一幅の宋画のように
時間のなかにじんわり滲みて　ゆっくりと広がる

＊訳注——王翰の「涼州詩」を念頭においている。
葡萄の美酒　夜光の杯
飲まんと欲して琵琶　馬上に催す
酔って沙場に伏す　君笑うこと莫れ
古来征戦　幾人か回る

——一九八四・八・二十四

# 変遷のあと

変遷のあと　こんな風に振り返ることがあるかもしれない
あなたがひとり人生を歩んでいる途中で

すべての波濤はすでに停滞する川筋に引き込まれた
山林は変わり　星の光はしだいに消えて
完全な闇の空だけが残った
そしてわたしも変えられた
はじめてあなたに向かって飛んできたあの生命とは
まったく違う風に
あなたは涙とともに時の減少を悟る　どんなに
天真爛漫で気ままな心も
最後は手綱の間で切り裂かれ砕かれるのだということを

変遷のあと　こんな風に振り返ることがあるかもしれない
どうか二度と誰が最初に運命に屈服したかなど詮索しないでほしい
わたしの願いはただあなたが　そのひととき静かに立って
暗闇の中でわたしのことをもう一度思い出してくれることだけ

わたしがかつてどんなに狂喜しながらあなたに向かって奔ってきたかを想い出してほしい
連れてきたのはわたしのすべての願いと依頼　そしてあの
生命の一番最初のころの白い仔馬のようなたっぷりの快楽
それからあの失われた山並みと草原　あの晩
はじめて桐の花が咲き　満天に星がきらめいていた

――一九八六・一・十二

# 暗い河の流れの上で

――「越人歌*」を読んだ後に

灯火きらめき　なんという美しい夜
あなたは微笑みながらやってきてゆっくりとわたしを彼岸へと導く
（今夕は何の夕べぞ　中州の流れにとどまる
　今日は何の日ぞ　王子と舟を同じくすることを得たり）

その充ち溢れる潮は
わたしの胸にみなぎる愛の想い
なんと美しくまた慌ただしい夜であることか
わたしを見下ろしている星空に向かい
そっと歌声で呼びかけるしかないことを許してほしい

星の群がり集まる空も　船首に座るあなたほど
目をうばう輝きはない

わたしはおそばに寄れる幸せがあるのではないかと錯覚しそう
低い場所から遠くはるかに仰ぎみる
波はたゆたい　わたしの悲しみをわかる人はいない
（羞を蒙り好を被れども　羞恥とそしらず
　心ほとんど頑にして絶えず　王子を得るを知らんや）

あらゆる生命はみずから滅びる前に
避けるべき逃げるべきだと知らなかったわけではない
けれどこんなに美しい晩であれば
渇望を隠すことは許されない

ただ願うのは　あなたの目線が届くところに身をおくこと
一瞬の愛しみ　心から皮膚へ
わたしは燃え盛る炎に向かう蛾
燃えた後は　かならず灰になる
けれどどうしても燃えようとしないなら　このあと
わたしには何が残せるというのか　一粒の
少しずつ粗製し　少しずつ砕け

少しずつ塵埃のなかで失われていく光沢のある心以外に

そこでわたしは烈火をめがけて突きすすむ
運命が暗闇に仕掛けた誘惑めがけて突きすすむ
わたしのよく通る声を用い　わたしの真摯な詩を用い
幼いころから内気で恥ずかしがりだった女の子が
一生のうちで
あなたのために備えることのできた極致を用いて

伝説のなかで彼らは幸せな結末を付け加えるのが好き
わたしだけが知っている　霧にぬれた葦の蔭から
わたしがどのように遠ざかっていくあなたを見送ったか
（山に木あり木に枝あり　心君を悦べども
　君知らず）

灯火が消えようとするとき　歌声が止む
暗い河の流れの上であなたに置いて行かれたすべてのものは
結局は　ただ

星空の下でおおぜいの人に静かに伝え歌われている
あなたの昔　わたしの昨夜になれるだけ

——一九八六・六・十一

付記

「越人歌」は中国で最初の翻訳詩だと伝えられている。鄂の君主子晳が河で船遊びをしているとき、船を漕いでいた越の娘が彼に恋をして、越の言葉で歌を歌ったので、鄂の君主は人に頼んで楚の言葉に翻訳してもらった。これがその美しい恋の歌である。ある人が言うには、鄂の君主はこの歌の意味を理解し、越の女の気持がわかると、にっこり笑って娘を連れ帰ったという。

しかし、暗い河の流れの上で、わたしたちが知っている結末はこれとは異なる。

＊訳注——「越人歌」は前漢末の学者劉向が編纂した『説苑』の第十一巻「善説」のなかで紹介されている。席慕蓉がこの詩を書いたのはずっと以前のことであるが、近年では中国・香港映画「女帝〈エンペラー〉」（二〇〇六年製作、二〇〇七年日本公開）の挿入歌として使われた。

# 幕が下りた原因

拍手がいちばん激しかったとき
踊り手はゆっくりと動きを止めた

最もおしまいにすべきではないような時に
わたしはカーテンコールを行なうことに決めた　たぶん
たぶんいくらか何かは残せたかもしれない
そのきらめきと豊かな美の絶頂のときに

もしもわたしがうしろ姿によって
観衆を棄てることができるならいいのだが　彼らが最後に
わたしを棄てる前に
わたしには十分な知恵が必要
それによって

# 幕を下ろす時間を決めるための

——一九八四・十一・十九

# 懸崖の菊

雪のように　白く
火のように烈しく

くねくねと深い深い谷底へ伸びていく

わたしのその秘めたる願望よ
それは秋の日に最後に満開に咲く一群れの
懸崖の菊

——一九八四・八・十九

# Ⅳ 『周縁の光と影』より

# 招待状

——詩を読まれる方に

いっしょに花火を見に行きませんか
さあ　行って見ましょう　あの
群れ咲く花のなかにどうやって群れ咲く花を増殖させるのか
夢の世界にどうやってさらに夢の世界を再現させるのか

いっしょに肩をならべて荒涼とした川岸を歩きながら夜空を仰ぎみましょう
生命の狂おしい喜びと刺すような痛みは
この瞬間　すべて
花火さながら

——一九八九・五・二十二

# 歳月三篇

## 仮面

わたしは自分の願うとおりに生活している
自分の願いに合わせて仮面をあつらえ
時には謙虚さの仮面を　時には喜ばしさの仮面をつける
こうやってこそ生きつづけられるというもの
あの憤りと驕りの炎を懸命に消し
あの骨髄に植えつけられた憂いを懸命に除いて
一切の美徳を引っかぶる
そして時は移ろい　孤独の定義はつまり——
片隅にある　あの虚をつく鏡

# 春分

時は移ろい　記憶は剝がれ落ちて壊れる
こらえきれずにおずおずと自問する　昔はこうだったのかしら
春分になったばかりの野外にいたとき
明るい窓辺にいたとき　ほんとうにわたしにあったことなのかしら
針のように匕首《あいくち》のようにわたしの胸を突き刺した　たくさんの痛みは？
太鼓の面のようにきつくふくらんだ　たくさんの狂おしい喜びは？
一瞬だけ閃いて消えた　たくさんの詩句は？

昔はこうだったのかしら　わたしはおずおずと自問する
それから霧がゆっくり海面から上ってきて
やがて山道のあの桜の森を覆いつくし
やがて春分を過ぎたばかりのこの明け方を覆い尽くした

昔わたしを熱く抱擁してくれたあの世界が
今あたふたと動き出しあいまいにわたしに別れを告げる
時は移ろい　やがて遠ざかっていくべきなのかも知れない
なのになぜわたしに残してくれたのかしら
こんなにも安らかでずっしりとしたゆるやかな喜びを

重い荷を下ろすと　もう後悔もあがきもない
まるではじめてその完全な自分を見たように
わたしの心は栗の実が闇のなかにあるがごとく
日ごと豊満になっていく　これまでけっして
今ほど強く渇望したことはない　石壁に
生命と歳月にかかわる　ありとあらゆる痕跡を刻む

——一九九六

# 青春・旅人・書くこと

## 青春

振り返ることがしだいに儀式となったとき
いつも決まった仮面をつけて返事の声とともに出現する青春よ
あなたは何のためにやってくるの?

## 旅人

あの馴染み深い憂いと焦りが　夕闇の中で
ぴたりとわたしのあとを付けてきて
夢から覚めた後にようやく気づかせる　先ほどのわたしは
夢の中の巷を行きつ戻りつしていた　ただの旅人

## 書くこと

何度も吟味をしたあとで
彼らは腰をおろして　書く
ある人は生涯かけて標語と大綱を書き
少数の人だけが細部を書く　あの複雑にからまりあった
霊魂と生命の　髪と肌が触れ合って
互いに突き刺しあう時の　さまざまな感覚

――一九九七・十・二十七

# イチハツの花

――どうか沈黙したまま、二度とわたしに返事をしないでください。

結局は離れていかなければならない　このおだやかに澄んだ
かすかに湿り気をふくんだ風のある春の日
この光と繊細さにあふれ倦むことなく
あらゆる生命の過程を表象している世界

かすかな悦びを懸命に押し広げ
一心に味わっていた
穏やかな幸福を可能なかぎり引きのばしたとしても
その起点から終点までの間の
謎のような距離は今でも測るすべがない
(この無限の孤独よ　この必須の重荷)
あらゆる記憶はわたしからそう遠く離れているわけではなく
すぐそこのわたしたちが昔ともに通り過ぎた苔が静寂を映している林の中

けれど　はっきり知ることのできないある心持があって　たとえ
ふさわしい字句を見つけ出したとしても　しだいに抑えがきかなくなる
最後には　わたしはあなたにとって
ちょうどこの春の深紫のイチハツの花のよう
ついにはやはり背き合う
（そして今その耽美が極度に達した歳月よ　ついに響きを絶つ）

——一九八九・五・七

# 光のノート　四則

## 仮説

あらゆる光に拒絶されたあと
暗黒が姿を現わしはじめ
（まるで思想のなかのあれらの既定の概念のように）
威嚇している　すべての容器に入り込み
然る後に二度と変わることのない固体に変われと

そこでわたしは自分に火を点じてあなたを探そうと決心する

## 設定

わたしは泣いたりしなかった　でも

あなたはなぜずっとそこにいるの
わたしが開けようとした次の扉のそのまた次の扉
の外に

行動には終わりがないらしい
ただ時間が先送りされるだけ
いわゆる希望にあふれた未来図は　もしかして
一生涯続けてきたごまかしそのものだというのでは？

## 実験

重複したくない　でもまた
重畳《ちょうじょう》するしかない
昼間は懸命にあなたのさまざまな振る舞いにつき従い
夜はかすかな隔りをもってわたしの詩の中に入り込む

ずっとあなたに尋ねるのを忘れていた

影芝居でいちばん感動的なストーリーは
結局光なのかしら　それともあの影

結論

夏の夜の星空は
悲劇だけを上演

そのめくるめく消息が
ついにわたしの心に届いた
あなたは千万光年のかなたの天体にいて
ほんとうはとうに消滅　冷却
けれどわたしのあの狂喜しつつ答えている光芒よ
まだ何も知らず　今もなお
急ぎあなたへと向かって奔る途上にある

——一九八八・四・十八

# 秋の来たあと

——歴史はひとつひとつの意外な出来事を記載するだけ、詩はそれを補う愛。

月あかりがあなたのやってきた山道を再びふんだんに照らすとき
あなたに信じられたらいいのだが
わたしはすでに病癒えた　逃亡という考えからも
姿名前を変えて身を隠すことそしてさまざまの渇望の周縁からも
慌てふためく心からも　憐れみを乞う運命からも
どんなに変えても続けにくいストーリーからも

この世の絶対的にやさしく絶対的に鋭い傷害からも
秋が来たと言うのなら　わたしほどよくわかっている人はいない

まばらな林はいずれは葉を落ちつくす
夢はそれ以後いずれは沈没　生命はいずれ
独自に暗がりで色と肌を変え続ける

わたしはあなたの警告に従い
これからは観察と想像との距離を守るだろう

もう二度と深入りしない　事件の奥深くまでは
憂愁の河の水には染まらず　後悔の果実は摘まない

月あかりがあなたの去って行く山道を再びふんだんに照らすとき
あなたが信じたいと願うかどうかわからないけれど
わたしはたしかにすでに病癒えた　すでに学んだ
もう二度と真相のために弁解せず落葉のように消滅に任せる
そして絶え間なく削除する　あれらの余計な心配事を
（余計なものは道の前方で虚しく人の肌を刺している枯れ枝）
秋が来てから後の歳月のなかで　わたしは
誤解されても　いいかもしれない
救いようのない楽観的な女だと

——一九八七・十一・八

# 美しき新世界

あの少しずつ形作られた習慣は　みな壁なのか
ならば　日夜積み重なったあのタブーは
みんな網だということ

わたしたちはついにすべてから隔離された
たとえば憂い悲しみ喜びそして種々の有害無益の情緒から
これからは　心の中で縦横に交錯するのは
みんな光の軌道
河川は無菌　血液も同様

ついにあなたが姿を現したとしても　改変のしようはない
待つことのうちに消失したあれらの
もはやふたたび描くことのできないあらゆる細部は

ひとつとして雑木のない林の中で
ひとつとして雑念のない午後　たとえ
あなたがあなたの名前を口に出したとしても
たとえあなたの胸の間に今も前世の烙印が残っていたとしても
わたしにはもはや返答の仕様がないし　見分けようがない

――一九八七・三・二十六

# 黄金時代の少年たちに

（中学校に入ったばかりの少年たちの群れが列を組んで通り過ぎた。リーダーが止まれと言うと、それぞれあわてふためいてわたしのいた十字路で立ち止まった。髪はもうみんな同じスタイルで、これ以上ないというほどよく似ている。着ている服もまったく同じで、縫い取りの学籍番号の幅さえ決まっている。彼らはみな沈黙している。規則で隊伍を組んでいるときは、口を利いてはならないからである）

わたしにはわからない
なぜわたしは涙が出そうになるのか
このなかにわが子がいるとでもいうのか
もしほんとうにいるなら　教えてほしい
あの昨日はずる賢そうな笑顔を浮かべ
寓言や詩篇のような話し方をしていたわが子
あの若木のような　泉のような
わたしの目の前を走りながら育った子よ

いったいどこへ行ってしまったのだろう

——一九八七・十一・十八

# 胡蝶蘭

あの雨の多い霧の多い昔の日々からすでに遠く隔り
今彼女はおとなしく首を垂れてわたしのこざっぱりした窓辺で飼いならされている
かつてあんなに野放図にしていた
白い原生種の胡蝶蘭よ
まだいくらか夢の中ではびこり続けたいという欲望があるのではないか
まだいくらか記憶があるのではないか　荒野には返さない

互いに係り合いにならない　その昔そう宣言した
けれど彼女は知っているのだろうか
あの蝶の羽根のように顫動する花びらはただ
墜落を待つしかないということを　誰も気づかない時刻に
透明な月明かりがついに寒い夜の杉林を離れるように
あなたが　ついにわたしの静寂な心から離れ去ったように

――一九九五・十二・十七

# 婦人の言

わたしは　もともとこの抑えの利かない一切のためにあなたを愛しているのです
描写しようのない震えている欲望は
きつく胸のうちに閉じこめられ　突然の涙となって爆発する
咲き始めた花の繁みは雪さながら　野に山にあまねく広がっていく
風がそれぞれに熟睡していた深い谷から呼びかけてくる
ああ　この無限の豊饒の世界
このめまいとうめきを誘う河と海の躍動
この人の目をくらませる
何とまばゆい手の届かぬ高みにある星空
どんな時でもわたしのあとをつけてくる寂寞だけがわかってくれる

ほんとうは　わたしはずっと静かに待っていた
花の散るのを　風の止むのを　沢が涸れるのを　星が消えるのを
あらゆる豪奢の感覚がついに記憶に入り込むのを待っていた
これでやっとわたしはあなたに説明できる
わたしは　もともとこのついには必ず消え行く一切のためにあなたを愛しているのです

——一九九五・四・二十一

# 戦いに備える人生

その極端な柔らかさは赤ん坊に
活発で無邪気な笑顔は児童に
絹のような光沢の肌　海辺の
鵞卵石《たまいし》のような清潔な匂いは少年に
バラのようなハマナスのようなクチナシのような匂いたつ美しさは
惜しみなく十六歳の少女にあげよう

それは生命がやむにやまれず使う武器
大切にされかわいがられるために
その生長を願い繁殖を願う体軀《からだ》に与える

そして長い旅の途中で　装備はますます重くなる
その一度も自由に飛んだことのない翼が

夕闇のなかで不安定に羽ばたき　わたしの心をまっすぐに目指す
悔恨と裏切りで鋳造された矢はすでに弓を離れ
炎のような夕焼けを切りさいて　夕陽となって沈む
美徳よ　おまえはわたしの最後の甲冑

――一九九六・七・二十二

# 野生の馬*

日ごと迫りつつあるのは　あのますます強まる桎梏
日ごと消え去りつつあるのは　あの苦しみにもがく力
日ごと塞がりつつあるのは　記憶の狭い通り道
日ごと遠ざかりつつあるのは　夢うつつのなかの花の香と星の光

日ごと形造られつつあるのは　わたしのこれからの安静と服従の一生

疾風がなおも闇夜の夢のなかで咆哮するにまかせる
（誰がわたしのいななき　生命の悲しい叫びを聞きつけてくれるのか？）
止めどのない熱い涙　止めどのない渇望よ
ただ闇夜の夢のなかでだけ
わたしの霊魂は復活できる　一頭の野生の馬に戻って
あなたに向かい　北方の広野に向かって疾走する

——一九九四・七・二十四

＊訳注——原語は「野馬」。野生の馬の意味だが、実際にはモンゴル馬をさす。

# 交易

彼らがわたしに教えてくれた　唐王朝の時代には
一頭の北方の馬は四十四匹の絹と交換したと
わたしの今日まで虚しく過ぎた四十年の歳月は
誰に向かい
誰に向かって交換してもらえばいいのあの見渡すかぎりの
北方の　草原と

――一九八七・十二・二十一

# 大雁の歌

——切り裂かれた高原のために

祖先が深く愛した土地はすでに他の人のものになった
でも　大空はまだある
子孫の勇猛な体軀《からだ》ももう自分のものではなくなった
でも　霊魂《たましい》はまだある
黄金のように貴重な歴史はみな人に塗り替えられた
でも　記憶はまだある

だからわたしたちはいつでも黙々とおまえを注視していなければならない
おまえが青空の上でゆっくりと両の翼を広げるたびにきっと
わたしたちの霊魂が刺しぬかれ記憶が押し開かれることだろう
憂愁を背負った大雁よ
おまえはどこに向かって飛ぼうとしているのか？

憂愁を背負った大雁よ
おまえはどこに向かって飛ぼうとしているのか?

――一九九四・六・八

# モンゴル語レッスン

——内モンゴル篇

スチンは知恵　ハスは玉《ぎょく》
サイハンとゴアはともに美しさということ
もしも女の子に
スチン・ゴアとかハス・ゴアと名づけたら　それは
あなたの家の美慧《メイホイ》や美玉《メイユイ》と同じ＊

エヘ・オロンは国　バートルは英雄
だから　あなたとわたしの間の
いくつかの願いはほとんど同じ
わたしたちは男の子にオルスィ・バートルと名づける
あなたたちも大好きな呼び名　国雄《クオシオン》

エムゲネンは悲しみ　バヤスンは喜び

ハイルラは愛する　ジャナンは恨む
あなたたちが悲しみ喜び血肉をもつ生命なら
わたしたちも
歌　涙　渇望　夢想をもつ霊魂であるはず

（あなたがひとりで来てくれるなら　わたしたちは
生涯の摯友になれるかも知れない
なのになぜ　あなたが群れの中に隠れると
わたしたちは代々の敵にならなければならないの？）

テンゲルは青い空　イヘ・オロンは大地
フドウー・ノタグは　もっぱらこの高原の草場のこと
わたしたちの先祖だけがもっていた領土
ここでは人と自然は上手に住みあい　かつて
蒼天の神のもっとも深い愛があり　それは青緑の生命の海であった
オストガホは消滅　スヌグフは破壊
ニレブスは涙　すべてのよきものは灰になった

（あなたがひとりで来てくれるなら
この草原はあなたの生涯の無上の喜びになるはず
なのになぜ　あなたが群れの中に隠れると
草原の悪夢や仇敵となってしまうの？）

風沙は次第に肉薄し　兆しはすでにこんなにも明らか
あなたはなぜ今も信じようとしないの
ゴビの南では　いつかかならず千年の干ばつが起るだろう
ニルモス尽きせぬ涙
すべてのよきものは　灰に

――一九九六・七・十八　初校
――一九九九・二・五　修正

＊訳注――台湾によく見られる女性の名前。

# V 『迷いの詩』より

# 詩成る

夏の日の静かな美しさは　すっかり色あせ
たくさんの答えようのない疑問だけが残された

風が通り過ぎたあとは
たとえただこの一瞬の停頓とためらいにすぎないのだとしても
きっと抱え込んだにちがいない　たくさんの
わたし自身さえ見分けようのない理由を

ゆっくりと浮かんで現われつつあるのは　何？
だんだんと沈んで隠れつつあるのは　何？
取るか捨てるかをほんとうに決めるのは　誰？
最後に輪郭をみせるのはどれほど強烈な渇望？

わたしたちの一生は　結局何を完成させられるというの？
よく熾《おこ》った炭火が寒い夜の湖に身を投げるように
このまったく勝算のない争奪と対峙よ
窓の外では　時がいま一切を打ち負して万物は静寂
窓の内のわたしは　なぜまだ詩を書こうとしているのだろう？

——二〇〇〇・二・二十三

# 四月のクチナシ

けれどわたしたちの内面はすでに表面にあらわれ
外観もこれ以上修復のしようがない
崩壊　亀裂
藤蔓と時間は埋る手だてがなく
昨日すでに巨大な廃墟となった
そのうえそのためにぐずぐずして立ち去ろうとしない

わたしはほんとうは用心していた
わたしが四月の夜に　旧地をふたたび訪れたとき
この空間はすでに荒野さながら　それでも雰囲気はなんとなじみ深いものであることか
何かがわたしの背後を忍び足で通り過ぎた
昔の情景と曲目が　まるで
いまも恍惚の片隅に漂っているかのよう

こだまはわたしたちのその頃の話し方よりゆるやか
色彩は　わたしたちのその頃の衣服より淡い
ただ月の光だけが変わることなく　まだらな塀のうえに留まっている

わたしはほんとうは用心していた　けれども
この襲い来る香気は
まるで突然の大波のように
岩肌の露わな崖を痛撃したあと
またもや無限のやさしさで溺れさせ包み込む
昔の出来事がありありと目に浮かぶの　あらゆる限りの
光と影と細部　悲しみと喜びを含めて

塀の外では　雪のように白いクチナシが咲き誇っている

この馥郁として濃厚な　わたしの夢の世界よりもっと瘋狂な
わたしの記憶より千百倍も執ような花の香よ
今　わたしに伝えてくれたいのは
結局生命のなかのどのような神秘の消息なのか

わたしが　わたしが四月の夜に
旧地をふたたび訪れたとき

――二〇〇〇・十二・二十二

# 月光の挿絵

　わたしたちはほんとうは何も取り逃してはいない。とあなたは言う。

　愛と裏切り、そしてあの固く守られた秩序と一貫して
逃れようのない混乱を含めて。

　わたしたちはほんとうに何も取り逃してはいない。とあなたは言う。

　ごらん。時が通りすぎた足跡はこれ以上ないほど明晰。

　切りこんで峡谷をつくり、沖積して平原をつくり、粉砕して
きらきら光る砂の粒をつくった。

　こうしてほとんど一生がすぎた、とあなたは言う。

　傷跡もふくめて。

　でも、わたしはそれだけではいや。月明かりの下で、明快で魅力的な剣術の修行ができればいいのに。そうすれば岸の崖に深さいろいろの筋をつけて、わたしたちのあの固執するけれど望みのない待ち受けのために、一枚また一枚と光と影の鮮明な記憶の挿絵を刻むのだが。

——二〇〇二・二・二十二

# 道に迷う

誰がまた誰より強くてがんばり続けているか

極地へ氷河の緑を求めに行き
広野に宵闇の紺を確めに来て
周縁と岐路でぐるぐると歩きまわる
そのうえ絶え間なく驚き傾倒する
この世の表現不可能なすべての色彩に対して

なんと甘美でまた緩やかな痛み　心のなかで
絶え間なく行き来を繰り返すかすかな動悸
朝霧のなかで紫のライラックが花開いたのは昨日
そして今　夕暮れの旅の途中に
絶え間なくきらめいている金茶と褐色と　錆赤

誰がまた誰より強くてがんばり続けているか
あれら一心不乱に道を急ぐ人たちか
それとも　幾度となくつまずいたわたしたちか

体の内外で流転し停滞している光と影
虚しさとはかなさに満ちた幾多の昔の出来事
ひと足ごとのためらい考える度の過ち
分岐点ごとの引き延ばしと繰り返し
一秒ごとに積み重なる微小な細部よ
生命にこんなにも大きな違いをもたらしてしまった

けれど　誰がまた誰より強くてがんばり続けているか
あれらの一心不乱に到達と完成をめざす人たちか
それとも　ついに道に迷ったわたしたちか

——二〇〇二・五・四

# 色の顔

ラベンダーの紫とライラックブルーの間には
実は薄い霧の層がひとつできただけ
ベネチアンレッドと聖衣の褐色の間に
欠けているのはあの洗いざらした変遷の歳月

ケシの赤　唇の色は朱に近い
オペラ座の赤はパステル調の臙脂
そしてわたしが偏愛するあの黒味を帯びたワインレッドは
規範の範囲の挑発と渇望

もちろん　それからアラビアンブルー
それは空の青フレンチブルーというより
夕方の華麗さと憂愁の色

ホラズム*の悲しみ憂えるスルタンを思い出す
最後に振り上げたあの腰刀は
内海の孤島で　戦わずして負けた

——二〇〇一・五・二十三

*訳注——ホラズム（Khorazm 1077–1221）。トルコ系のイスラム国家。チンギス・ハーンの送った隊商や使者を殺害したため、その怒りを買い、滅ぼされた。

# 鹿ふりむく

——三千年前に製造されたひと振りのオルドス式青銅小刀に刻まれた文様を記す

暗緑褐紅に金色の光がきらめく林の奥で
一頭の小鹿が何かに驚いてふりかえった
静謐な瞳の幼獣は憂いびくつき警戒する
われらがかつて見た　互いの青春に似る

——二〇〇一・二・二十一

# 聴講生

あなたは何ておっしゃったのでしたっけ
山河の記憶がないのは記憶がないのと同じ
記憶のない山河は山河がないのと同じ

それともこうだったかしら
山河の間の記憶こそが記憶
記憶の中の山河こそが山河

それならわたしには両方ともない
そうよ　父さん
「故郷」という授業では
わたしには学籍もなければテキストもない
ただ遅まきの聴講生になれるだけ

ただ一番遠いはずれから静かに見渡せるだけ
ひと群れのヒエンソウがどうやって広野でたくましく育つか
疾走で通り過ぎるひと群れの野生の馬が　どんな風に
ふいに溢れたわたしの涙の中で
見え隠れしながら夕焼けのなかに溶け込んでいくかを

――二〇〇一・八・三十一

# 父の故郷

わたしは父の残した書物をそっくり
わたしの本棚にならべた
もちろん　ほんの一部分でしかないけれど
父の後半生の住まいはラインの岸辺
わたしには無理なこと
彼の書斎をそっくり運んで帰って来るなんて

これほど遠い距離を隔てたら
そっくり運んで帰ることができないものはほかにもある
父の心の中の　故郷
生命がもし引き算なら
記憶は　つまり足し算
八十八歳で異国で静かに亡くなったわたしの父の

財産は　一年また一年と
更にくっきり完璧になっていく光と影とこだまが
築き上げた　誰にも壊すことのできない夢の国

父はわたしに故郷を残してくれた
けれどわたしはほんの一部しか書き表せない
取るに足りないほどほんのわずかしか

すでに家路をたどる途上に足を踏み出したものの
誰もわたしに無傷の大地を返してくれることはできない

昨日がもしも足し算なら
この今日と明日は　つまり引き算
一日一日と増していく混雑と破壊
一日一日とさらに遠く　さらに淡く
さらに触れにくくなる根源

父はわたしに故郷を残してくれた

けれどそれは
誰も二度と到達することのできない場所

——二〇〇〇・四・十五

# 除夜

誰かしら　つる草がはびこっても決して見棄てはしないのは
この荒れ果てた土地はこんなにもなじみ深い
生命の輪郭は記憶に沿って模写する
流れを遡ると
遠くの川面に幼き日の波の光がきらめく
誰かしら　いつも幸福がほほ笑みとともにやってくるかもしれないのを許しているのは
だからわたしに必要なのは静かに待つことだけ

（あのけっして裏切ったことのないひとつひとつの黎明を待つ
扉が開くところで　父はわたしにおいしい酪《チーズ》を
母はわたしに彩り美しい衣を贈ってくれた
ろうそくはすでに祖父母の霊前で燃えている
水仙は窓辺で咲いている　それからわたしたちは首を垂れてひざまづく

燃え上がるろうそくの炎に花や果物のひそやかな香りが混じる
この匂いはまるで永遠に忘れまいという盟約のよう
部屋の外で友たちが歓声をあげてわたしの名を呼ぶ
早く出てきてこの新しい一日にお入りと呼びかける）

誰かしら　つる草がはびこっても決して見棄てはしないのは
この荒れ果てた土地はこんなにもなじみ深い
流れを俯瞰して　今わたしはとつぜん涙する
この遅まきの理解と同情のため
わたしの華美な幼き日のため　その頃
漂泊し彷徨していたわたしの若かりしふた親のために

（今宵　ろうそくはすでに父母の霊前にともされ
水仙はあいかわらず窓辺に咲いている
部屋の外では　わたしの子どもたちが歓声をあげて促し
近所の友だちを呼んでいる
ごらん　誰かのあげた花火があんなに輝いている）

誰かしら　いつも幸福がほほ笑みとともにやってくるかもしれないのを許しているのは
だからわたしに必要なのはがまんづよく待つことだけ
あのけっして裏切ったことのないひとつひとつの黎明を待つ
いつかある日
どの子どもの心にもとつぜん沸き起こることを待つ
柔軟な理解と　同情とが

——一九九九・十一・十一

# 契丹のバラ

わたしにはあらゆることがみなゆっくりと離れていくのがわかる
まるで黎明の周縁でしだいに薄れていく夢の世界のように

今もなお感じるあのかつてこのように身近であった
悲しみと美しさ
けれどもう描くことはできないし　抱きしめることもできない

もしも書くことでほんとうに昔を取り戻せるなら
一篇の詩の生命は
一輪の　契丹のバラのようであってほしい
たとえ栄華が消え失せ　たとえ
記憶が草原の朝霧のように漂い浮かぶとしても
たとえ殺戮と争奪に満ちた史書のなかに

これまで「美」のためにいかなる位置も与えたことがなかったとしても
わたしはなおも信じる
詩のなかで一度初心を呼び起した何かは
あれらのかつてわたしたちに属していた
美しさと奥深さの本質　おそらく
もう一度新たに蘇るだろう

まるであの果てしない広野で
契丹人が深く愛したバラが今まさに音もなくほころび
その名状しがたい馥郁たる香りが
今まさに千年の時を　通りぬけているように

——遼と宋の間に百年以上戦争がなかった時、遼が隣国に贈った土産物のなかに、「天下第一」の誉れの高い鞍や轡のほかに、珍貴なローズ・オイルがあった。ある書物に、契丹のローズ・オイルは「色はつやのある白で、香は馥郁として、名状しがたい」とある。宋の徽宗の時、皇帝はそれがたいへん貴重で手に入れにくい物であるが故に、あの手この手で遼王朝の使いに賄賂を贈り、ついに製造秘法を手に入れて、模造に成功した。

千年も前に、契丹人はすでにバラの香りを大切にすることを知り、それを保つ方法を学んでいた。このような民族は、きっと非常に繊細な心をもっているにちがいない。

――二〇〇一・六・二十

## Ⅵ 『わたしはわたしの愛を折りたたんでいる』より

# 初版

わたしの心は　まだ昔の夢の境地を
慕っているのだろうか?

古い版本から　誘われ出る
ページと歳月の混ざった香気
過去を詳しく閲読したいという渇望
わたしの心は　まだ昔の夢の境地を
慕っているのだろうか?

昔　鋳造したばかりの鉛の文字が
かつて初版のページに留めた
何とも美しい押しあと!

——二〇〇四・九・二十二

# かげろうの恋愛詩

今　ついにあなたに証明できる
時間はなんとゆっくりしたやり方で
真相を明らかにしているのだろう
この一度かぎりの金色の夏の日は
琥珀のなかに包まれて　もうすでに
無限に長い生命の記憶となっている

たとえ　いつも
かげろうの愛は
みんなこれ以上ないほど短い歌だと言われるとしても

――太古の松林が地下深く何百万年の間埋まっていたたあと、
松脂が湿り気のある透明な琥珀に変わる。その中には小さな葉っぱや昆虫が入っているものもある。

――二〇〇三・七・六

# 翻訳詩

転訳された詩に　わたしはほとんど
もとの字面を遊走していた色や光を感じられない
再現するのも難しい　あの原稿を書き終えた刹那に
こんなにも綿密な
あるいは　こんなにも広々として静かな詩行だったものを

伝えようのないのは　たくさんの軽微な息づかいと
子音と母音が瞬時にこすれあったあと
ふたたび跳ね上がるわずかな違い
やわらかな舌先が歯の隙間に触れたとたん
たちまち両の唇によって閉じ込められ消滅する音節
幾多のためらいの後の　束の間のハーモニー

どう形容したらよいのか　午後のがらんとしたプラットホームで
誰かが低い声でつぶやくJe t'aime*
どう訳したらよいのか詩人が何年も前に書いた
Je n'ai pas oublié**

——二〇〇二・十・六

*訳注——フランス語。「私はあなたを愛している」の意。
**訳注——フランス語。「私は忘れていない」の意。

# 灯下　之二

生命のなかの情景が今たがいに呼びかけ合っている
時間と美は
浪費するしかないほどに　巨大

——二〇〇四・四・二

# 鯨・月下美人

十六輪の月下美人が一度に咲きほころんだこの夜
生命は　すこぶる敏感な肌で
幸福に触る　そして月の光はこんなにも明るい
わたしたちの胸の中に溢れる
かくも清冽にしてかくもなじみ深い芳香

あなたは言う　覚えておおき　このひと時を
何年も後　鯨がふたたび大海にもぐるように
わたしたちの記憶がわたしたちの体を慰撫するだろう

そう　愛しい人よ　わたしはちゃんとわかっている
ほんとうは　時の移ろいを無視して
わたしたちの体も　きっと

絶え間なくわたしたちの記憶に呼びかけるだろう

月光の下　鯨と月下美人のように
人に知られぬ魂の奥深く
あらゆる渇望が次々に目を覚ます
水面下の潮の流れが起伏するとき　夏の夜が芳しく香るとき

——二〇〇三・六・十五

# 試験問題

こんなにも多くの年月がすでに過ぎ去った
たとえわたしの魂がすべてを知り尽くしたとしても
なぜか　あなたがわたしにくれた試験問題は
わたしの筆にとって　やっぱり秘密
やっぱり答えることが難しいなぞなぞ

これが涙のこぼれる原因なのか
この一生の熱狂　一生の気ままさよ
最後に　それを示せるのは
淡々とした詩だけ

――二〇〇四・九・二十

# 異邦人

自我との和解は　今生では
おそらく最後まで不可能なこと

無知のせい　それとも
時空のすれ違いのせい？
結局　わたしたちはみな異邦人となり
ただ悲しみだけが年ごとに咲き誇る
花のように　一本の孤独な樹木のように
挿し木によって今ここに生きている

——二〇〇四・十二・二十四　深夜

# 駅站《えきたん》

昼は終わり　闇夜がすでに訪れている
疾走しつづける時間よ
ここでしばし停まってください
わたしの心の駅站には灯があかあか

まだ何かわたしたちが交換しなければならないものがあったかしら?
かつて留まっていた美しさと温もり以外に
ひと言やさしい　おやすみという言葉以外に

見送るにせよ出迎えるにせよ
あなたには首を垂れて感謝しなければならないのはわかっている

けれど　ほかにまだ何か

わたしたちが今交換しなければならないものがあったかしら?
昼は終わり　闇夜がすでに訪れている
わたしの心の駅站には灯があかあか

——二〇〇四・三・一

# 創世記詩篇

## 1 瞳孔（ウイグル）

彼女は宇宙の塵をたっぷり吸い込み、それからゆっくりと吐き出す。最も明るいひと粒は太陽に、最も美しいひと粒は月に、そのあとはきらきら輝く星たちになった。四方に飛び散った小さな泥のはねに至っては、人間になった。

アヨール・テンゲルは創世の女神。

彼女が両のひとみをひらくと、それはわたしたちの昼間。彼女が両の眼を閉じれば、天と地の間には一面の闇だけが残る。

彼女は宇宙の光を自分の瞳孔のなかに収めている。

アヨール・テンゲルよ！　創世の女神。彼女は、夜ごと、寝ぼけ眼をうっすらと開け、満天の星あかりで衆生を凝視している。

## 2 天馬（オイラート・モンゴル）

創世記の女神は、巨大なイメージで現れた。

彼女の長い髪が湧き上がると、黒雲が天穹を疾走する。

彼女が軽く歩みを移すと、大地はそっくり戦慄する。

マイダル・ハタン、創生の女神、彼女の乗る馬には九個の勇敢で情熱的な魂があり、倦み疲れることなく天の果てまで駆け巡る。ごらん！　あの白く長い鬣がきらきら光っている、あの金色の鞍轡のなんと華やかで輝いていること！

彼女が天馬にまたがって宇宙の間を巡行する時、宇宙はどれほどだだっ広く寂しいことか！　思わず心に無限の羨望が生まれ、そこで万物が瞬時に芽を出す。ただ、ただ馬のひずめのまわりに色をつけるだけのために。

マイダル・ハタン、創生の女神。

マイダル・ハタン、創生の女神。

## 3 太鼓の音（満——ツングース）

トントン、トントン、トントン、トントン……

お聞き！　アブカへへが太鼓をたたいている。人間界の一番はじめの夜明け、草深い原野の奥深いところで。

トントン、トントン、トントン、トントン……

お聞き！　アブカへへが太鼓をたたいている。次から次へと、どうしても止めようとしない。

この太鼓の音は宇宙で最初の物音、生命の最初の記憶。

次から次へと、永遠に熱心に、天と地にぶつかり合いをさせ、血脈を通じさせ、陽の光を輝かさせ、激しい大雨を降らさせ、衆生を闇夜から眼ざめさせ、わたしたちみんなが豊かな心をもつようにさせる。

そう、彼女が太鼓をたたいている！　太鼓をたたいている！　天の愛娘よ創生の神、万物はみな彼女の太鼓の音のなかで誕生した。

そう、あらゆる消息は太鼓の音の中から伝わってくる。わたしたちのあの無自覚な渇望と期待も。

長い道のりはゆっくりと、いつでも彼女の太鼓の音がついてくる。

まるでわたしたちの疑いとためらいを悲しみ憐れむかのように。

まるでわたしたちの寂寞と孤独を慰めるかのように。

トントン、トントン、トントン、トントン……

お聞き！　アブカへへが太鼓をたたいている。人間界の一番はじめの夜明け、わたしたちの心の草深い原野の奥深いところで。
トントン、トントン、トントン、トントン……
お聞きよ！　アブカへへが太鼓をたたいている。

——二〇〇四・十・二十七

# 讃歌

——チンギス・ハーン「越えられぬ山を越えれば、その頂に登る。渡れぬ河を渡れば、彼岸に達する。」

祖先の創建した帝国は天下無双
なんという広大さ　なんという輝かしさ
広野に立ち　果てしない大地を駆け巡って
馬上から世の繁栄と興亡を見尽くした
あの万邦を統御する深い知恵は
今のわたしたちには足元にも及ばない

八百年の草原の疾風を吹きはらい
幾多の文化のなかで源泉と火種になっている
百の河を受け入れるその広大なふところよ
わたしたちは今歌声で讃えることしかできない

大風は音を立てて吹き　やむことがない
まるで心の中の不滅の記憶のように
ごらん　祖先の創建した帝国は天下無双
なんという広大さ　なんという輝かしさ

——二〇〇四・三・一

# わたしはわたしの愛を折りたたんでいる

わたしはわたしの愛を折りたたんでいる
わたしの愛もわたしを折りたたんでいる
わたしの折りたたまれた愛は
草原を流れる長い河が曲がりくねって流れるように
ついにわたしを幾重にも折りたたんだ

わたしはわたしの愛を隠している
わたしの愛もわたしを隠している
わたしの隠された愛は
山嵐が燃え盛る秋の林を覆い隠すように
ついにわたしを隙間なく隠した

わたしはわたしの愛をさらけ出している

わたしの愛もわたしをさらけ出している
わたしのさらけ出された愛は
春の風が広野を吹きすぎるように何はばかることなく
ついにわたしをそっくりさらけ出した

わたしはわたしの愛を敷き広げている
わたしの愛もわたしを敷き広げている
わたしの敷き広げられた愛は
無限の松風が果てることなく起伏するように
ついにわたしを無限に敷き広げた

行きつ戻りつを繰り返し　さらに高みへと昇っていく
これは古来より歌い伝えられた長篇詩
大地と蒼穹との間で
わたしたちは思いの限り打ち明けあう　あの魂の美しさと寂しさを
どうか静かに耳を傾けて　そしてわたしの歌声の先導を受け入れ
あの久しく忘れていた心霊の原郷に帰ってください

そこでは　わたしたちのあらゆる喜び悲しみが
隠れたかと思うとふいに現れ　空になったかと思うとまた充ち溢れる
……　　……

――二〇〇二年初めに、初めてモンゴルの長篇詩のなかに迂回曲折させて歌う歌い方があってモンゴル語で「ノガラー」と言うことを知った。つまり「折りたたむ」という意味で、たちまち心を奪われてしまった。
夏の初めに、台北でふたたびエベンキ出身のウリナが長篇詩を歌うのを聞き、最後にこの詩ができた。

――二〇〇二・七・十四　夜

# 紅山の許諾

左脇に獲物をはさみ　右手に
作ったばかりの石の矢じりを握り
肩幅広く長身　細く鋭い目つき
わが若き狩人は山壁に寄りかかって　こう言う
おいで　おれは紅山でおまえを待っている

まるで天の果てから雷鳴稲妻が轟いたかのよう
なぜ　この低い声の呼びかけで
思いもかけずわたしの全身に戦慄が走ったのか
その玉《ぎょく》の腕輪と玉の帯飾りは昨夜の夢のなかで軽く触れあった
その玉のフクロウと玉の鳥は青空のうえで追いかけっこまでした
層雲がしだいに密集し　英金河が眼の前を流れていく
かつて暗紅色の岩山が目撃したすべての記憶が

まさにこの瞬間に　ありありと再現される

この陽の光は今もかわらぬその頃の暖かな陽の光
この土壌は今もかわらぬその頃その上に立った土壌
彩陶の破片には　今もわたしが手ずから描いた模様が残っている
果てしない広がりのなかで振りかえってほほ笑むのは
わたしたちが慕い敬う女神
その慎重に測量し積み重ねて作った
丸く大きな祭壇は今も健在　わたしたちの心のなかの
蒼穹への大地へのそして互いへの愛も終始変わることがない

きっと樺や樟子松の林には
わたしたちが摘んだことのある香草や山菜が今も生えていることだろう
そしてその渦巻きのような白雲の上には　あの抑揚のある歌声
それは生命の中で古代より綿々と続く
移ろい変わることのない喜悦と憂い

もしもわたしが千里の外から野を越え山を越えてやって来たのなら　それはただ

かつて許諾したからというだけ　今生ではもう二度と行き違いになりたくない
もしわたしが千里の外から巡り巡って尋ね来たのなら
それはただ
誰かが　誰かが今も紅山でわたしを待っているからというだけのこと

——二〇〇二・七・七　紅山、牛河梁から帰ったあとの早朝に。

# 遅まきの渇望

——原郷のために

なんと神奇で強烈な呼びかけだろう
深海の珊瑚に
ひと晩のうちに億万の卵子を産卵させ
漂い舞わせて
暖かな海流の中で　ひと粒ひと粒をきらきらと
空の星のようにきらめかさせるとは？

なんと深くて長々しい記憶だろう
最後の一頭の蒼き狼に　草原において
今も同様の戒律を守らせ　たとえば
夕暮れ水辺で水を飲むときにはあのように落ち着きなく辺りを見渡させ
そして林のなかでは慎重に自分の足跡を隠させるとは？

なんと美しく心驚かす
巨大な秩序だろう　鯨の骸骨が
一生涯隠れており　ただあれらの
かつての血肉との連帯関係の消え失せた後に
ようやく姿を見せた清らかで光沢のあるアーチ型の完美な
骨組だけが　支えつづけ　持ち上げていることができるとは
わたしがうなだれて内省するときのあの訳のない悲しみと恐れを

どれほど多くの貴重な消息が　あの遠く軌道を
はずれた時空の間に遺されているだろう？
けれど無数の　同じ血筋の個体が
背負っているのは　どれほどの孤独なのだろう？
そしてわたしたちの夢の中では（天涯に漂泊している者であろうと
根を離れずこれを守っている者であろうと）みな
日ごと増しゆく訳のわからなさと苛立ちを抱えているのではないだろうか？

今のわたしはまさにケシグテン地界に足を踏み出した
一歩先は　まさに母なる先祖の故郷

原郷は今なお　澄みきった美しい空の上にある
あの最後の水彩画のような紫と金と赤の夕焼けの光
なのにわたしの心は痛む　この土地の
更なる奥まった内側へと入って行けないがゆえに
わたしとかかわりのある万物の奥秘を知ることができないがゆえに
この湧き上がる悲しみと涙について説明できないがゆえに

今　知ることのへ渇望がわたしの心に
満々と満ちて　わたしの心は
わたしの心はどんなに痛んでいることか！

——二〇〇二・八・二十九

# 二キロメートルの月光

ある人が言った　時間はいつも深夜に流れ去ると
（そう　十三歳の日記に
わたしも似たような詩句を書いた）
けれども今夜になり　今夜になって
わたしにはようやくわかった
まるで風にパラパラとめくれる本のページのように
時間も深夜にとつぜん戻ってくる
月が水のごとく澄みきっているときに

月が水のごとく澄みきり　広い平野に溶けこむとき
まるで風にパラパラとめくれる本のページのように
かすかな戦慄と喘ぎを帯びて
時間はわたしたちの目の前に繰り広げてくれる

千年の世の繁栄と千年の世の災難を

すべてがありありと目に浮かぶ　その中にあるのは
この広い草原に起伏する山々と松林
この大地を横切る濃淡さまざまの木の影
このこんなにも明晰でこんなにもなじみ深い情景
（月光がわたしに遠く遙かな来し方を凝視せよと迫る）
すべてがありありと目に浮かぶ　その中にあるのは胸の奥の
ぼんやりとした不安と恐れ　それから
人の世に対する尽きせぬ執着と思慕
そして　生命が同時に植栽した豊かさと虚しさ

ごらん　この二キロメートルの山道で
月の光がどんな風にわたしに説法しているか
（かすかな戦慄と喘ぎを帯びて
わたしたちはきっとかつて数え切れないほど幾度も故郷の地を訪れていたにちがいない）
わたしの心は痛むのにわたしの魂はきわめて安らか
ただ　この世の枷がはずれたので

昔のことは　これからはもう
わたし自身が答えられるというだけで

誰も大地の記憶を奪いとることはできない
月光の下に二重写しになっているのはほんとうは同じ足跡
（わたしたちは白いシャツか黒の長い袷を着ている
胸の下げ飾りは黄玉か骨の彫刻
鷹笛の音は高らかで滑らか　まるで
蒼穹でイヌワシの叫びがつき従うよう）
満月の夜の祭典のたびに
わたしたちはきっとかつては今宵のように
手をつなぎ肩を並べて歩いたにちがいない

そして月の色のなんという明るさ
松林を通りぬけ　この二キロメートルの山道で
わたしはついに確信した　今
わたしたちと静かに向かい合っているのは　きっと
この五千五百年分ぜんぶの時間なのにちがいない

――二〇〇二年夏、初めて紅山文化牛河梁二号遺跡を訪れ、先人が手ずから積みあげて造った円形の祭壇とその三本の境界線を見た。石の塊は五千五百年を経てもなおまったく変わっていないので、心から驚き感動した。

二〇〇三年秋、また友人に頼んで再び牛河梁に連れて行ってもらった。その夜、朱達館長がわたしたち一行数名を案内してくれて、一面の松林のなかの山道を通りぬけ、すでに埋め戻してある女神廟の考古学発掘現場に向かった。

折しも旧暦八月十七日のことで、行き帰りの二キロの道のりの間、月の光が殊のほか冴えて明るかった。わたしは心のなかで繰り返し考えを練り、帰国後何度か書きなおして清書した結果、ついにこの詩となった。

――二〇〇三・十・二十四

# 同族を探し求めて

なんという常と異なる静けさ
だがその瞳は暗闇のなかで燃えあがった
わたしが一篇の詩を朗読したあとに
喧噪の世界に身をおきながら
わたしはこうして識別する　誰が
わたしの隠れ同族かを

――二〇〇二・十二・十七

# 席慕蓉年譜

**一九四三年**
旧暦十月十五日、四川省重慶郊外の金剛坡に生まれる。原籍は蒙古チャハル盟ミンガン旗。父はチャハル盟ミンガン旗のラシドンドク（漢字名＝席振鐸）、母はジョーダ盟克ケシグデン旗のバヤンビリグ（漢字名＝楽竹芳）。

**一九四八年** **5歳**
南京において小学校に入学。

**一九四九年** **6歳**
香港に移り、同済中学付属小学校に入学。

**一九五三年** **10歳**
小学校卒業。同校中学一年に進級。

**一九五四年** **11歳**
台湾へ。合同の編入試験を受験、北二女（現在の中山女子高校）中等部二年に合格。日記に詩を書き始める。

**一九五六年** **13歳**
台湾師範学校芸術科入学。三年間『北師青年』の編集に参与。学校の刊行物に「夏采」の筆名で、エッセイや詩を発表。学外の教育刊行物に詩を発表。『自由青年』へも投稿。

**一九五九年** **16歳**
師範大学芸術系入学。

**一九六〇年** **17歳**
水彩画「静物」が全省美術展で入賞。

**一九六三年** **20歳**
台北国際婦女界主催全国青年美術コンクールや師範大学卒業美術展で入賞。師範大学卒業。台北市立仁愛中学教員。『皇冠』の原稿募集に、蕭瑞の筆名で応募。「記念品」が佳作に。

**一九六四年** **21歳**
ベルギーのブリュッセル王立芸術学院に留学。劉海北（後の夫）と知りあう。

**一九六五年** **22歳**

七十六回パリ独立サロンに入選、複数の展覧会に出展。同年、ブリュッセル王立歴史美術博物館主催の「中国現代画家展」に招待参加。

**一九六六年** 23歳
二月、教授の推薦によりブリュッセルの画廊で初めての個展。七月、首席で卒業。様々の賞を受ける。

**一九六七年** 24歳
一年間専門にエッチングを学ぶ。ヨーロッパで数々の展覧会参加。個展開催。

**一九六八年** 25歳
五月四日、劉海北と結婚。十月、ブリュッセルのふたつの画廊で同時に個展。

**一九六九年** 26歳
蕭瑞の筆名で、『中央日報』文芸欄に作品を発表。

**一九七〇年** 27歳
穆倫（ムレン。自身のモンゴル名）の筆名で、『聯合報』文芸欄に作品発表。七月、帰国。新竹師範専門学校美術科専任。その後数年間、美術展多数。

**一九七一年** 28歳
長女、芳慈出産。

**一九七四年** 31歳
国立歴史博物館国家画廊で帰国後はじめて個展。

**一九七五年** 32歳
長男、安凱出産。

**一九七六年** 33歳
第一回『聯合報』小説賞に、千華の筆名で応募。「バースデー・ケーキ」が佳作に。

**一九七七年** 34歳
台北のアメリカン・インフォメーション・センターにあるリンカーン・センターで個展。

**一九七八年** 35歳
四月、レーザー絵画の研究開始。五月、台北のドイツ文化センターで個展。七月、『画詩』（皇冠雑誌社）出版。十一月、『女性』雑誌の幼児向け美術教育欄に「若いお母さんへの手紙」を執筆開始。十二月、台北の太極芸廊で個展。国内で初めてレーザー絵画出展。『聯合報』文芸欄に詩作発表開始。

**一九八〇年** 37歳
レーザー絵画の研究を継続。長篇詩「わが母、わが母」を『幼獅文芸』に発表。三百号の油絵「ハス」制作開始。

**一九八一年** **38歳**
一月、サンディエゴで開催されたレーザー芸術連合会展にレーザー版画出展。四月、長篇詩「愛の名前」を『台湾時報』に発表。六月、父の古希の祝いに、国立歴史博物館国家画廊にて個展開催、「鏡連作」および三百号の「ハス」を出展。七月、詩集『七里香』（大地出版社）出版。八月、インド、ネパール旅行。十月、省美術展油絵部門審査委員。十一月、「出塞の曲」がレコード等最優歌詞の金メダル獲得。

**一九八二年** **39歳**
三月、エッセイ集『成長の痕跡』、『心から飛び出した虹』（爾雅出版社）出版。十二月、『レーザー芸術序論』（中華民国レーザー推進協会）出版。

**一九八三年** **40歳**
二月、『悔いなき青春』（大地出版社）出版。七月、暁風、愛亜と共著の小品文集『三弦』（爾雅出版社）出版。十月、エッセイ集『ひとつの歌あり』（洪範書店）出版。

**一九八四年** **41歳**
東海大学美術系にて「素材研究」課程開講。野生植物の写生旅行開始。レーザー彫刻の実験開始。

**一九八五年** **42歳**
三月、劉海北と共著のエッセイ集『同心集』（九歌出版社）出版。序は心岱。六月、絵画展開催。十月、エッセイ集『幸福に』（爾雅出版社）出版。

**一九八六年** **43歳**
野生植物の写生旅行を継続。四月、友人と巡回展。七月、香港浸会学院で講演。八月、三百行の長篇詩「夏の夜の伝説」執筆開始。十月、単色の油絵「山水シリーズ」制作開始。

**一九八七年** **44歳**
一月、詩集『時光九篇』（爾雅出版社）出版。四月、『時光九篇』中興章新詩賞受賞。五月、友人と三人展、画集『山水』出版。母逝去。六月末、ロサンゼルスにて講演。七月、サンフランシスコ東風書店書展「文を以って友に会う」座談会に出席。十月、油絵「ハスの連作」シリーズ制作開始。

**一九八八年** **45歳**
三月、詩およびエッセイ集『あのはるか遠いところに』（圓神出版社）出版。写真は林東生。七月、インドネシア・バリ島でハスの写生。九月、シンガポールで講演。

**一九八九年　46歳**

一月、エッセイおよびスケッチ集『信物』（圓神出版社）出版。三月、エッセイ・スケッチ集『写生者』（大雁出版社）出版。四月・個展、シンガポールで展覧会。八月、娘とヨーロッパ旅行。九月、両親の故郷を訪れ、初めてモンゴル高原を見る。『中国時報』「人間」欄に、帰郷シリーズ「わが家は高原の上」計十篇を発表。

**一九九〇年　47歳**

七月、エッセイ集『わが家は高原の上』（圓神出版社）出版。写真は王行恭。モンゴル現代詩のアンソロジー『遠いところの星光』編集出版。八月、息子とヨーロッパ旅行。九月~十月、モンゴルへ。

**一九九一年　48歳**

師範学院より一年間のサバティカル。四月、清韻芸術センターで、楚戈、蒋勳と三人展を開催、併せて画集『花季』出版。五月、エッセイ集『江山を待ちうける』（洪範出版社）出版。六月、ベルリンへ。七月、モンゴル文化省の招きでウランバートルへ、建国七十年祝賀式典に参加。モンゴル文化省より文化勲章を授与さる。八月、『江山を待ちうける』（大陸版、花城出版社）出版。花城出版社のみで、中国での発行部数がすでに一五〇万冊であることを知る。九月、北京の中華版権代理公司と契約し、版権侵害行為について処理を委託。

**一九九二年　49歳**

二月、『聯合報』文芸欄で念願の「モンゴル文学特集」を発表。六月、台北の清韻芸術センターで個展、画集『江を渡りて芙蓉を採る』出版。詩のアンソロジー『河の流れの歌』（東華書局）出版。七月、新疆ウイグル族自治区コルラでの学会に夫劉海北と参加。天山山脈や草原、森林地区を訪問。九月、モンゴル国赤十字の招きで、ウランバートル他の児童福祉施設を訪問。十一月、『河の流れの歌』が一九九二年度金鼎賞の優良図書推薦賞。

**一九九三年　50歳**

七月、オルドス高原へ。八月、父とベルギーのモンゴル学会議などに参加。九月、ウランバートルへ、第一回「世界モンゴル人大会」参加。十二月、台北アポロ画廊で「光のノート」油絵個展。

**一九九四年　51歳**

一月、婦人雑誌の依頼で、インドへ。二月、『河の流れの歌』（大陸版、北京三聯書店）出版。四月、ハワイで四人姉妹会う。四月〜五月、台中、高雄、台北で四人展。九月、王行恭とホロンバイル盟へ。初めて大興安嶺へ。十二月、台南にて四人展。

**一九九五年　52歳**

一月、台中にて四人展。八月、国立新竹師範学院勤続二十五年にあたり、早期退職を申請。長女とモンゴル国およびブリヤート・モンゴル共和国を訪問。九月、芸術家出版社制作『台湾美術全集第一七巻陳慧坤』出版に参与。十月、台南の画廊にて油絵の個展。父に会いにドイツ訪問。「国家文化芸術基金」理事。十一月、クアラルンプールへ。『星州日報』の「花蹤文学賞」新詩部門の審査員。

**一九九六年　53歳**

一月、『幼獅文芸』で写真入りコラム「高原ノート」開始。三月、雑誌『皇冠』でコラム「大雁の歌」開始。五月、ヨーロッパに行き、父や妹と会う。六月、内モンゴルのシリンホトへ。長篇詩の名人ハージャブ氏訪問。七月、エッセイ集『黄羊・バラ・飛び魚』（爾雅出版社）出版。十二月、父の八十六歳の祝いのためにドイツへ。

**一九九七年　54歳**

五月、エッセイ集『大雁の歌』（皇冠出版社）出版。六月、エッセイ集『生命の滋味』『イメージの暗記』『わが家は高原の上』、詩のアンソロジー『時間草原』（上海文芸出版社）出版。七月、夫とドイツの父を訪問。九月、二姉慕萱ハワイにて病死。十一月、敦煌芸術センターにて個展、画集『一日・一生』出版。父に会いにドイツへ。

**一九九八年　55歳**

五月、省立博物館にてモンゴル高原特集写真展「大興安嶺から天山まで」開催。父を訪ねドイツへ、プラハにも遊ぶ。十月、モンゴル国、ドイツへ。十一月、父、逝去。遺骨は、台北の母の墓に安置。

**一九九九年　56歳**

五月、詩集『周縁の光と影』（爾雅出版社）出版。六月、アポロ画廊にて大型作品「ハスとともに」展。エルサレムの国際詩歌祭に招待参加。七月、長姉慕徳、弟とともにドイツへ。八月、父の故郷に帰り、一族のオボの前で父の供養を行う。十月、北京民族大学にて講演。十二月、エッセイ集『美と道連れ』（上海、文匯出版社）出版。

**二〇〇〇年　57歳**

三月、詩集『七里香』『悔いなき青春』（精装本、圓神出版社）出版。キリル文字によるモンゴル語版『わが家は高原の上』（モンゴル国前衛出版社）出版。五月、詩集『世紀詩選』（爾雅出版社）出版。八月、上海博物館へ。九月、再度、大興安嶺へ。十月、銀川へ。再度アラシャー盟に赴き、エジネー旗の「秋季胡楊観光祭」開幕式に招待参加。

**二〇〇一年　58歳**

英訳詩集『Across the Darkness of the River』（張淑麗訳）、アメリカで刊行。

**二〇〇二年　59歳**

一月、蒙漢対訳詩集『夢の中のゴビ』（北京民族出版社）出版。二月、エッセイ集『金色の馬の鞍』（九歌出版社）出版。六月、モンゴル語版エッセイ集『胡馬・胡馬』（内モンゴル人民出版社）出版。ホロンバイル・エベンキ族自治旗で講演。母の故郷に招かれ、赤峰とケシグテンで三度講演。外祖父創立の経棚実験小学校を表敬訪問。紅山、牛河梁およびアオハン旗の多数の考古地点へ。フホホトで、内蒙古大学名誉教授の栄誉に。七月、詩集『迷いの詩』（圓神出版社）出版。八月、内モンゴル烏珠穆シン草原で牧畜民の生活を体験。九月、吉林省葉イエへ古城へ。吉林大学にて講演、集安市の好太王碑を訪ねる。十一月、エッセイ集『走る馬』（写真は白龍と合作。上海、文匯出版社）出版。十二月、画集『席慕蓉』（圓神出版社）出版。

**二〇〇三年　60歳**

二月、エッセイ集『ノーンジャー』（正中書局）出版。三月、編集本『九十一年エッセイ選』（九歌出版社）出版。九月、エッセイ選『カエデの木の下の家』『透明な哀愁』、詩選『暗い河の流れの上で』（上海、南海出版社）出版発表会。九月、承徳山荘、赤峰へ。紅山文化遺跡、牛河梁を再訪。九月下旬、ホロンバイルに赴く。十月、長女ともども、マレーシアの国際シンポジウムで発表。十一月、南京東南大学および南通の南通工学院にて講演、南通工学院客員教授に。十二月、アメリカ在住の弟と香港で会い、湾仔のかつての旧居を探す。

**二〇〇四年　61歳**

一月、エッセイ集『わが家は高原の上』新版（圓神出版社）出版。エッセイ集『席慕蓉エッセイ』（内蒙古文化出版社）出版。六月、上海、北京訪問。北京で講演。七月〜八月、息子安凱と北京からホロンバイルへ。国際シンポジウムに参加したり、シリンゴトの上都遺跡他、各地を見学。九月、エッセイ集『人間《じんかん》煙火』（九歌出版社）出版。十一月、伝記『彩墨・千山・馬白水』（雄獅図書出版社）出版。

**二〇〇五年　62歳**

三月、詩集『わたしはわたしの愛を折りたたんでいる』（圓神出版社）出版。六月、フホホト、オルドスへ。七月、巴岱氏七十五歳の祝いに招待参加。その後、自治区の南端から北端まで縦断。九月、花蓮で「原住民文学国際シンポジウム」に参加。中旬、天津の南開大学で講演。ホロンボイルおよび周辺各地を見学。ハイラルのホロンボイル学院で講演。下旬、寧夏の銀川へ。シンポジウムで発表の後、賀蘭山の賀蘭口で有史以前の岩壁画を視察。寧夏大学で講演。十月、内モンゴルのアラシャー盟に行き、砂漠や山へ。黒水城再訪、居延海へ。北京での北京師範大学で講演。十二月、遊牧文化をテーマに、台北の洪建全基金会敏隆講堂で六回のシリーズ講演。幼獅文芸主催の「中外詩学クラス」で、二つの課程で講義。

**二〇〇六年　63歳**

一月、爾雅出版社「日記叢書」創作シリーズに参加。三月、圓神出版社より六冊の精装本詩集が出揃う。四月、ヨーロッパへ。ラインの岸辺で父を偲ぶ。ポーランドに行き、モンゴル軍第二次征西当時の遺跡探訪など。北京大学で講演。七月、モンゴル国の大モンゴル国建国八百年の祝典に参加。八月、上海にて、上海文芸出版社出版の新刊書『席慕蓉と彼女の内モンゴル』発表会（自身撮影の写真が主）。台北故事館で、詩人二人と朗読。十月、友人のトゥブシンバヤルにモンゴル語をならいはじめる。十一月、花蓮で「太平洋詩歌祭」に参加。バンコック旅行。十二月、成都に赴き、四川大学で講演。三星堆博物館、金沙遺跡を見学。北京へ。

**二〇〇七年　64歳**

三月、爾雅日記叢書第五冊『二〇〇六席慕蓉』（完本）出版。五月〜九月、内モンゴル、新疆旅行。母や外祖母の故郷、多くの史跡を訪問、見学。十月、「ハイルハンへの手紙」シリーズのエッセイ執筆開始、圓神出版社のウェブサイト「席慕蓉」開始。十二月、下旬、福州に赴き、「二〇〇七海峡詩会――席慕蓉作品シンポジウム」に参加。泉州、アモイ訪問。

**二〇〇八年　65歳**

七月、エッセイ集『静かなる巨大さ』（圓神出版社）出版。十月、夫劉海北教授病気のため、逝去。享年七十一。

# 訳者後記

池上貞子

## 1　席慕蓉ブーム

台湾の大人の女性との間で席慕蓉（Xi Murong、シー・ムーロン）のことを話題にすると、たいていの人が一度は彼女の詩を読んだことがあると言って自らの思春期を懐かしむ。実は、台湾では一九八一年に席慕蓉の詩集『七里香』が出版されると、一か月もたたないうちに増刷され、それ以後二か月に一度の割合で増刷が繰り返され、半年後にはエッセイ二冊を出版。そして翌々年に詩集『悔いなき青春』が出るとさらにそれは拡大し、結局、一九八四年には彼女の著書六冊がベストセラーに、そのうち三冊がベストテンに入るという具合で、「席慕蓉年」という言葉まで生まれた。あまりのヒートアップぶりに、「糖衣にくるんだ毒」という批判まで出たという。

この状況は改革開放の始まった大陸でもすぐに注目され、一九八七年から八九年にかけて続々と大陸版が出版され、一大ブームになった。こうした「席慕蓉現象」の理由としては、青春にまつわる幻想と憂うつを歌う内容に加え、言葉の平易さ、その音楽性などいろいろあげられているが、ひとつにはその誠実さと純情さが、経済優先の社会の中で失われていく人間性や人間関係の悪化などに不安を感じていた若い層に受け入れられたとも言われている。彼女の詩は幸せな人生の花の盛りをイメージさせつつ、しかしそれは永遠ではないという意識があり、それゆえにこそ、詩あるいは絵画という表現手段によってその瞬間をとどめるのだという姿勢がある。

実は、彼女は社会的には詩人であるより先に、画家、美術の教師であった。年譜を見ればわかるように、彼女はもともと台湾師範大学で美術を専攻し、ベルギーに留学して研鑽をつみ、帰国後新竹師範専門学校の美術学科で教鞭をとる人であった。詩は子どものころから書いており、詩画集や女性雑誌への執筆という準備期間を経て、詩人としての正式な出発は一九七八年に『聯合報』に掲載した頃だと言える。

当時の彼女はすでに三十五歳、留学、結婚、帰国、就職、出産と、普通の女性より少し余計に経験を積んだ、もはや乙女とは言えない女性だった。この頃の彼女の詩には恵まれた現実生活を彷彿させる穏やかさと並行して、それとは対照的な表現、たとえば失われた青春、過ぎゆく時間に対するもどかしさなどがある。それらの表現はある程度青春詩に普遍的なものであり、このレベルで惹きつけられた読者も多いことだろう。しかし彼女の世界には、時間、歴史、宇宙の大きな原則のなかの諦念のようなものがある。たとえば、本書には採られていないが、「囚」（一九八〇）という詩がある。「血の流れた傷口は／いつかふさがる望みがある／けれど心の中で永久に治ろうとしないのは／あの血の流れない傷〃多情な者は笑うがいい　千年この方／早く生まれ過ぎたのは花の盛りの髪だけだろうか／歳月はすでに天にも地にも網を投げかけた／逃れるすべのないのは／あなたの苦しみと／わたしの憂い悲しみ」。これはもはや少女趣味どころか、宇宙的視野から人間を俯瞰した大人の視点である。

ところで彼女に、青春期になかった、あるいはどうしても取り戻せないと思わせたものは何なのであろうか。実はそれも年譜の冒頭を見ればわかるが、彼女は台湾において単なる外省人ではない。その出自はモンゴル族、しかも外祖母は王族の一員であったようだ。台湾の教育の中で、漢族の側から当然のこととして語られる史実や価値観は、思春期の彼女の心には棘として刺さったこともあったのではないだろうか。初期の「出塞の曲」「長城謡」にすでに、万里の長城や域外を文化の境界とする従来の漢族伝統による見方とは異なる視点がある。彼女の青春を歌う詩は、代表作「七里香」、「花咲ける樹」のように、「それは美しいものではあるが永遠ではないのだよ」と、大人として過去と現在を突き合わせて見せてくれると同時に、現実生活の中で心おきなく満開に咲くこと、つまりモンゴル族としてのアイデンティティを主張でききれなかった自分の青春（何しろその民族としての生活実感をもたないのだから）の欠落感という、いつまでも大人になりきれない部分がアンビヴァレンスに存在していて、その神秘性も大きな魅力になっていたのかも知れない。ちなみに彼女のモンゴル名はムレン、大きな河の意味である。

## 2　蓮・父母・望郷

彼女は好んで蓮（芙蓉とも言う）を描き、自らも栽培したりしているようだ。三百号の大きな絵や連作も描いているし、大判の画集も出版している。一九八八年夏にはインドネシアのバリ島に一か月滞在して、毎日蓮を描くということまでやった。このような傾倒ぶりに対しては、花そのものに対する芸術家としての美意識のことなどさまざまな解釈があるが、本人の語るところはこうだ。

記憶の中で最も早い蓮は、おそらく五歳のころだったろう、父が玄武湖へ連れて行って、蓮の間にボートをうかべて蓮の覆いを作ってくれた。父の懐は安心感があって温かく、それを独占できたことは、幼いわたしにとってドギマギするような喜びと誇らしさがあった。その記憶に続いているのは、黄昏の湖面にしのびよる少し灰紫色の暮色であった。

（画集『席慕蓉』圓神出版社、二〇〇二）

その後、大学生になって台北の国立歴史博物館の蓮池で写生をし、他の人の写生のでき具合を見て、それまでの自信が揺らいで悔しい思いをしたエピソードもよく語られることで、画家としての人生には大きなインパクトになっているようだが、彼女と蓮の関わり、ひいては詩作、アイデンティティ追及の人生は、この玄武湖の思い出が原点になっているのではないかと思われる。と言うのは、彼女たち一家は翌年には大陸を後に香港に出、そこで小学教育を終えたあと、五四年には台湾に移り住んでいるからだ。つまり蓮は彼女にとって、幼児期の父の愛とともに、大陸の、そして出自の、すなわち帰るべき場所の象徴なのだとも言える。ましてや、その父は一九五〇年代にドイツの大学にモンゴル語の教授として招聘され、一九九八年に亡くなるまでずっと彼の地に在住し、モンゴルの故郷へ一度も帰ることのなかった人であった。

幼い時の彼女の記憶には、王族の末裔としての母の矜持や同族の大人たちのモンゴル文化への郷愁、哀惜が満ちている。しかし彼女自身にはそこで語られる内容の実感がない。そうした欠落感や焦燥感にかすかな希望の光を投げかけていたのが、玄武湖の思い出だったのではないだろうか。つまり蓮は彼女にとって失われた故郷の空間のみならず、モンゴル人であると言う、いわゆるエスニック・アイデンティティへの手がかりであり、「戻れない、取り戻せない時間」という彼女の詩に頻出する感覚は、ここからきているのではないかと思う。「父の故郷」「聴講生」などこうした心情を表白した詩は枚挙にいとまがない。これはふつうの少女でも体験する「失われた花の盛り」という感覚以上のものだ。彼女は多くの少女にとって無自覚な「花の盛り」である思春期に、すでに欠落感をもっていた。彼女の初期の詩には、それを直截的に表現できない鬱屈という毒が潜んでいるとも言える。そのためだろうか、一九八七年秋に戒厳令が解けたあと、八九年の夏にはじめて両親の故郷である中華人民共和国内モンゴルを訪れて草原の雄大さに感動した後は、毎年のように内モンゴルあるいはモンゴル人民共和国を訪れ、四十年の空白を補っている。

## 3　モンゴルにまっすぐ

一九八九年以後、席慕蓉がモンゴルへ行き、それに基づいた詩や絵画を発表し、関連の活動に参加していることは、年譜からも如実にうかがわれる。実は、本書の出版にあたり詩人本人から提供された年譜には、さらに詳細なモンゴル圏での動きが記されていたのだが、紙面の都合上かなり削除した経緯がある。ここで割愛された部分をいくつか紹介すると、彼女のモンゴルとの関わり方は、詩や絵画という作品制作のほかに、社会的な活動もかなりある。

たとえば、一九九二年にはモンゴル民間音楽工作者を台湾に招いて録音を行なったり、モンゴル国赤十字の招きで、ウランバートルおよび中央省付近の地区に行き、現地の孤児院、寄宿学校、特殊教育・児童福祉機構などを訪問して、モンゴル経済の困窮状態が子どもたちに与えた影響と傷の理解に努めた。帰国後は九千字の報告書にまとめてスライドも作り、講演活動も行うと同時に、台湾の慈善団体にも協力を呼びかけたようだ。また二〇〇五年には黒水城、居延海を訪れたが、河川工事により周辺の胡楊が枯れる恐れが出ていて、牧畜民たちが不安になっていることを知り、地元や中央（北京）のメディアにこの問題を直視するよう要望している。このほか、国内外のさまざまな場所で開かれたモンゴルおよびモンゴル文化に関する交流会に出席し、台湾では講演やシンポジウムでの発表など啓蒙活動を行なったりして、あたかも「モンゴル教」（というものがあるとすれば）の伝道師のようである。

そうした社会人としての活動を行いつつ、自分自身のエスニック・アイデンティティの欠落を埋める（あるいは逆なのかもしれないが）ための努力には脱帽する。まず初めての訪問のあとは、大量の読書を行なってモンゴルに関する知識を補った。その後、度重なるモンゴル草原訪問の間に、考古学的あるいは観光地的なスポットを見学するだけでなく、民族文化を具現する長篇詩の歌い手や女性の猟師に会ったり、ホームステイによって牧畜民の生活を体験するなどして、民族魂というか、本来なら人生のもっと早い時期に体験すべきだった精神的な部分をも貪欲に吸収しようと試みている。そして二〇〇六年十月にはモンゴル語を勉強し始めた。詩「モンゴル語レッスン」は一九九六年（九九年改訂）に書かれているのだが、当時は本来自分に備わっていなければならない母語への憧憬と同時に畏敬や畏怖の念もあって早過ぎると感じたのだろうか。わがものとしようという気になるためには十年の歳月を必要としたようだ。

こうした方向性はある種の自信を与えるであろうし、当然作品世界に力強さや手法の変化、新しい世界観をもたらすと考えられる。本書にとられた中では最も新しい二〇〇四年の作品「創世記詩篇」「讃歌」などにその片鱗が見られるし、「駅站」「試験問題」「異邦人」などでは、どうにもできない現実を直視し、そこから出発するしかないという自己認識がある。かつて、「交易」（一九八七）で、「わたしの今日まで虚しく過ぎた四十年の歳月は／誰に向かい／誰に向かって交換してもらえばいいのあの見渡すかぎりの／北方の　草原と」と血のにじむような叫び声をあげて読者をたじろがせた作者は、今、ある種の充足感をもって時間の取り戻しに勤しんでいるのかもしれない。

　本書が出版される二〇〇九年初頭の時点でも、時間に関する欠落感は癒されているとは思えないが、空間的には彼女はすでにモンゴル民族としてのアイデンティティをかなり取り戻しつつあると思う。もしかしたら、席慕蓉が三十年間の詩作の集大成として日本の読者に託した読み方のひとつは、この彼女の民族アイデンティティ復権の軌跡をたどることなのかもしれない。余談だが、初めて本人に会った時、まっ先に「同じモンゴロイドですね」という意味のことを言われ、その言葉に日本の読者に寄せる親しみと期待を感じた。（戦前、親族が日本の特務によって殺されるという悲劇はあったようだが）年譜の最後にあるように、今、彼女は最愛の夫を失った悲しみのどん底にいる。しかし、現実生活の幸福と詩に託した口に出せない不幸すなわち欠落感のバランスを保ってきた彼女のことだ。夫の七十一歳というやや早い死も、自己のアイデンティティの復権を歌う新しい境地の詩作により、乗り越えていくのではないかと思う。

## 4　日本語版出版にあたって

　ところで台湾の女性詩人には、日本語で書いていた陳秀喜、杜番芳格や、単独の日本語の訳詩集もあり朗読活動など活躍している張香華、詩社「笠」の利玉芳、現代的風格の顔艾琳、独特の詩風で独自の活動を行っている夏宇など、多彩な顔ぶれがそろっている。今回は人口に膾炙した詩作の多い席慕蓉を紹介した。台湾の識者によっては、ある時期の印象により少女趣味という受け止め方をしている人もいるが、本書を読めばわかるとおり、奥行きは深い。モンゴル民族の血筋として台湾のなかで重層的なアイデンティティ問題を抱えた彼女の詩は、今その足跡を一覧するなら、少女趣味と捉えられがちな初期の作品世界も、「ただそれだけではない」ことがわかる。読者はあるひとりの女性の心の軌跡をたどるうちに、いつの間にか歴史の悠久さやこの世界の広大さに包まれ、魅了されている自分に気がつくであろう。

余談ではあるが、訳者は一九七九年に初めて中国大陸を訪れ、内モンゴルへも行った。その時、席慕蓉もモンゴル体験以前から好んで描いていた永遠に長い影（扉絵参照）にいたく感動し、帰国後「内モンゴルの草原にて」ほか数篇の詩（『黄の攪乱』詩学社、一九八八所収）が生まれた。その時の感慨は「どうしても持ち帰れないもの」（あのときわたしは／蒼穹に　抱かれ／時　の流れる音を／たしかに　聞いた／なのに……）というものだった。それから三十年の歳月を経て、今モンゴルにアイデンティティをもつ漢語詩人の作品を翻訳出版する機会を得たことを、奇縁に感じている。

席慕蓉はこれまでに六冊のオリジナル詩集を刊行している。今回の日本語訳詩集の出版にあたって、このシリーズの通例として作者自身に作品の選択をお願いしたところ、本書のようなラインアップになった。同じアンソロジーである『席慕蓉世記新選』（台北・爾雅出版社、二〇〇〇年）とは、その出版以前に発表された作品の選択はほとんど重複していながら、配列に微妙な変化が見られる。もしかしたらそんなところにも、先に述べた現在の作者の、日本の読者に向けた期待が込められているにちがいない。翻訳、出版の過程での席慕蓉女史の誠意あるご協力に感謝申し上げる。

本書はシリーズの他の詩集と同じく台湾の行政院文化建設委員会からの援助を受けているが、出版の実現にあたっては台湾側の編集委員である興国管理学院の林水福教授のご尽力によるところが大きく、深く謝意を表するものである。さらに日本側の編集委員である広島大学の三木直大教授、思潮社編集部の亀岡大助氏、また実際の翻訳の上で協力していただいた台湾大学の張文薫准教授、そしてこの詩集の要の一つであるモンゴル語についてご教示いただいた東京外国語大学の岡田和行教授に、心より感謝申し上げたい。

## 訳者略歴

池上貞子（いけがみ　さだこ）

一九四七年埼玉県生まれ。東京外国語大学中国語科を経て、東京都立大学大学院修士課程修了。現在、跡見学園女子大学教授。著書に、『黄の攪乱』『ひとのいる情景』（以上、詩学社）、『同班同学』（リーベル出版）、訳書に、張愛玲『傾城の恋』（平凡社）、平路『天の涯までも』『何日君再来』（風濤社）、朱天文『荒人手記』（国書刊行会）、焦桐『完全強壮レシピ』（思潮社）、小草『日本留学1000日』（共訳、東方書店）、『台北ストーリー』『鹿港から来た男』（共訳、国書刊行会）などがある。

## 編集委員略歴

林水福（リン　シュイフゥ）

一九五三年、台湾生まれ。東北大学（日本）文学博士。台湾文学協会理事長。輔仁大学教授、国立高雄第一科技大学教授を歴任、現在は興国管理学院講座教授。著書に『現代日本文学掃描』、『日本文学導遊』、『源氏物語的女性』など。主な訳書に遠藤周作『沈黙』、『深い河』、『海と毒薬』、井上靖『青き狼』、辻原登『翔べ麒麟』などがある。

三木直大（みき　なおたけ）

一九五一年、大阪府生まれ。東京都立大学大学院博士課程満期退学。現在、広島大学総合科学部教授。

台湾現代詩人シリーズ⑦
契丹《きったん》のバラ　席慕蓉詩集

著者　席慕蓉《シー・ムーロン》
編訳者　池上貞子《いけがみさだこ》
シリーズ編集委員　林水福　三木直大
発行者　小田久郎
発行所　株式会社思潮社
〒一六二―〇八四二　東京都新宿区市谷砂土原町三―十五
電話〇三（三二六七）八一五三（営業）・八一四一（編集）
FAX〇三（三二六七）八一四二
印刷所　三報社印刷株式会社
製本所　株式会社川島製本所
発行日　二〇〇九年二月二十五日